Mélanie a disparu

DU MÊME AUTEUR

Romans

L'OGRESSE – *Publibook 2003*
LA COUGAR – *BoD 2016*

Théâtre

SACRÉ JEAN-FOUTRE – *BoD 2017*
VOUS RÊVEZ, MAÎTRE – *BoD 2020*
LE CONDITIONNEL – *BoD 2021*

courriel : gobin.jeangabriel@gmail.com

JEAN-GABRIEL GOBIN

Mélanie a disparu

ROMAN

© 2021, Jean-Gabriel Gobin
Édition : BoD – Books on Demand,
12/14 rond-point des Champs-Élysées, 75008 Paris
Impression : BoD – Books on Demand, Norderstedt, Allemagne

ISBN : 9782322269945

dépôt légal : juin 2021

1

Samedi 11 mars 2006

Une turbulence secoua l'avion, tirant Lilian de son sommeil. Combien de temps avait-il dormi ? Avait-il seulement somnolé ou plongé plus profondément ? Il aurait été bien incapable de le dire.

Il jeta un coup d'œil à travers le hublot. Dehors il faisait grand jour. À son extrémité, l'aile de l'appareil tremblait frénétiquement. Des nuages épars permettaient d'entrevoir l'océan en contrebas. On n'avait donc pas encore atteint les côtes françaises. Par réflexe, il consulta sa montre. Elle marquait quatre heures quarante-huit, mais c'était l'heure de New York. Il était par conséquent dix heures quarante-huit en France. Il en modifia le réglage.

Il avait quitté les États-Unis précipitamment sans savoir quand il serait de retour. Alison lui avait fait promettre de revenir très vite. Voyant les larmes perler à ses yeux, il avait juré, mais pourrait-il être fidèle à sa parole ?

Les quatre mois et demi qu'il venait de passer outre-Atlantique avaient été si intenses, lui avaient procuré tant de sensations et de bonheur que ce départ soudain engendrait une profonde tristesse, d'autant plus qu'il avait conscience d'aborder une période d'incertitudes.

À vingt-quatre ans, après avoir obtenu brillamment son diplôme de l'ESJ[1] de Lille, il avait décroché un stage de six mois au *New York daily news*, le prestigieux quotidien américain. Son sérieux, sa méticulosité, son sens de l'analyse et de la synthèse ainsi que sa pratique courante de l'anglais et de l'espagnol lui avaient rapidement valu de gagner la confiance de ses supérieurs et chacun s'accordait à penser qu'il était promis à un brillant avenir.

Deux semaines après le début de son stage, il avait fait la connaissance d'une pigiste avec laquelle il allait dorénavant collaborer.

Tout juste âgée de vingt-deux ans, la jeune fille, qui mesurait à peine un mètre soixante, était pétulante et pleine de dynamisme. Sûre d'elle et dotée d'un solide caractère, elle avait d'abord incité Lilian à garder quelque distance. Son tempérament calme le poussait davantage à apprécier les gens posés, mais très vite Alison avait su le faire changer d'avis. Son sourire enjôleur, son éternel optimisme avaient eu raison de la réserve du garçon si bien que les jeunes gens avaient progressivement noué des relations qui n'étaient plus seulement professionnelles.

Dès lors, Lilian s'était mis à rêver. Pourquoi pas, à l'issue de son stage, intégrer un emploi aux États-Unis. Peu lui importait qu'il s'agisse de presse écrite, parlée, ou télévisuelle : tout l'intéressait. À moins que ce ne soit Alison qui vienne en France sous le statut d'envoyée spéciale d'un des nombreux tabloïds américains. Un désir commun animait l'un et l'autre : faire leur vie ensemble.

Déjà ils ne se quittaient plus, mais un événement imprévu vint contrarier cette idylle naissante. Il intervint

---

1 École Supérieure de Journalisme

sous la forme d'un courriel adressé par Françoise : « *Ta maman est très mal. Les médecins ne cachent pas leur inquiétude. Je ne sais que faire. Je crois ta présence nécessaire.* »

Françoise était, de longue date, une fidèle amie de sa mère. À vrai dire, sa seule véritable amie. Lorsqu'il était enfant, elle avait été la nourrice de Lilian. Il gardait de cette période le souvenir d'une vraie complicité. Il l'aimait beaucoup et savait pouvoir compter sur elle. Lorsque, pour la première fois, quelques mois auparavant, il avait quitté sa mère pour une durée plus importante que d'habitude, assortie d'un éloignement conséquent, savoir que Maman pourrait compter sur la présence d'une amie sincère avait apaisé les inquiétudes du garçon.

À de multiples reprises, ces dernières semaines, il avait pu vérifier que sa confiance était bien placée.

Le jour où sa mère avait eu un préoccupant problème de santé, Françoise l'en avait immédiatement averti.

Prise de nausées et de vomissements, Maman s'était plainte de violents maux de tête. Le médecin avait prescrit des médicaments qui, malheureusement, s'étaient révélés peu efficaces. Quarante-huit heures de traitement n'ayant apporté aucune amélioration et sa température demeurant élevée, il avait fallu l'hospitaliser. Aussitôt, la nourrice avait adressé un courriel à Lilian pour l'en informer, faisant en sorte de ne pas l'alarmer exagérément. Le garçon lui avait téléphoné à de nombreuses reprises et, chaque fois, elle s'était efforcée, en raison de la distance, de minimiser autant que possible les motifs d'inquiétude.

Le verdict tomba après que la patiente eut été soumise à de nombreux examens. Elle était atteinte d'une forme de méningite nécessitant un traitement lourd. Les médecins assuraient que les chances d'enrayer la maladie étaient réelles. Il sembla, dans les premiers temps, que les soins prodigués avaient un effet bénéfique. Les céphalées étaient moins violentes et la fièvre diminuait. Cette rémission fut de courte durée. Au bout de quelques jours, la situation s'aggrava jusqu'à ce que la malade sombre dans le coma.

Les médecins refusèrent désormais d'avancer le moindre pronostic. Ils préconisaient une nouvelle thérapie, mais sans oser garantir un résultat.

Françoise estima qu'il n'était plus possible de tenir Lilian dans l'ignorance de la réalité, d'où le message alarmiste qui l'incita à sauter dans le premier avion.

Il refusait d'envisager le pire. Sa mère, quadragénaire, était comme on dit dans la force de l'âge. Elle n'avait jamais eu d'importants problèmes de santé et, bien que menue, avait une bonne constitution. Aussi se persuadait-il qu'elle se remettrait rapidement de cette mauvaise affection.

Jusqu'à présent, il avait gardé secrète sa relation avec Alison, estimant cette révélation prématurée. Et puis à distance…

Aujourd'hui, il était décidé, en face à face, à tout lui dire. Naturellement, il attendrait qu'elle soit en état de recevoir ses confidences dont il ne doutait pas qu'elles seraient accueillies avec bienveillance et enthousiasme. Parfois, il se plaisait à imaginer le jour où il reviendrait en France accompagné de sa fiancée. Alison manifestait une telle envie de découvrir Paris : il serait son guide. Mais son plus grand fantasme concernait la rencontre des deux femmes de sa vie. Il les voyait déjà tomber dans les bras l'une de l'autre. Nul doute qu'elles s'accorderaient. Mieux encore, elles deviendraient complices…

L'heure n'était pas encore à ces réjouissances. Cela viendrait en son temps. Ils auraient tellement de choses à se dire, même s'ils étaient restés en constante relation, par courriel, par téléphone et aussi grâce à ce nouveau système dénommé « skype » qui, depuis deux ans, tendait à se développer sur internet et permettait non seulement de se parler, mais aussi de se voir. Ce n'était pas parfaitement au point et l'application avait quelquefois tendance à boguer, comme disent les spécialistes, mais elle présentait un évident progrès dans la communication. Nul doute qu'elle serait appelée à se développer et se perfectionner au fil des années.

La voix du commandant de bord, dans les haut-parleurs, tira Lilian de ses pensées.

Un épais brouillard enveloppait par intermittence l'avion qui, ayant amorcé sa descente, traversait des masses nuageuses. L'hôtesse enjoignit aux passagers d'attacher leur ceinture.

Quelques minutes plus tard, accédant au contrôle de sortie dans le hall de l'aéroport, Lilian aperçut Françoise parmi les nombreuses personnes venues accueillir les voyageurs. Elle agitait le bras pour attirer son attention. Il lui répondit d'un grand geste, affichant un large sourire.

Durant le trajet jusqu'au domicile de sa mère, Nanou, comme il l'appelait affectueusement, lui narra avec force détails l'enchaînement des événements qui l'avait conduite à suggérer au jeune homme de revenir rapidement en France. Bien que n'étant qu'une amie, elle avait pu obtenir de certains médecins et infirmières des explications franches sur l'état de la patiente. Ceux-ci ne cachaient pas leur inquiétude.

Ces deux derniers jours, elle n'était pas retournée à l'hôpital. À quoi bon puisque Marie n'avait plus sa connaissance. Elle s'était seulement tenue informée par téléphone : la situation semblait figée.

— Veux-tu venir déjeuner avec nous ce midi, demanda-t-elle ?

Lilian déclina l'invitation, préférant se réinstaller tranquillement dans la maison qu'il avait quittée quelques mois auparavant, y reprendre ses marques, se doucher et se reposer aussi, avant d'aller voir sa mère à l'hôpital. Il viendrait plutôt dîner.

Vers quatorze heures, il prit, au volant de la Clio de Maman, la direction du CHU[2] Henri-Mondor de Créteil.

Arrivé à destination, il lui fallut vingt bonnes minutes pour trouver une place de stationnement. Il en éprouva un agacement mêlé à une angoisse qui l'envahissait progressivement. Dans quel état allait-il la trouver ? Sa visite surprise aurait-elle un effet bénéfique ? Alors que jusqu'ici il s'était obligé à demeurer optimiste, une indéfinissable appréhension l'assaillait à présent. La réponse à toutes ses questions était au bout de ce long couloir.

Il pénétra à pas feutrés dans la chambre où reposait la malade. Vers son corps inerte convergeaient toutes sortes de tuyaux et fils électriques. Elle était sous perfusion, sous assistance respiratoire, subissait électrocardiogramme et électro-encéphalogramme permanents…

Lilian l'approcha avec précaution comme s'il craignait de la réveiller. Elle était pâle et amaigrie. Il avait quitté une femme fringante et en retrouvait une autre, sans âge, décharnée. Comment avait-elle pu changer à ce point ? Était-ce vraiment sa mère ?

---

2 Centre Hospitalier Universitaire

— C'est moi, Maman, murmura-t-il en déposant un baiser sur son front.

Que dire d'autre ? Que faire ? Il s'assit sur le bord du lit et lui prit la main. Elle était glacée. Il observa le visage de celle qui l'avait mis au monde. C'est à peine si elle respirait. Machinalement, il enserra sa main entre les siennes pour la réchauffer. Une larme roula sur son visage. Il était totalement désemparé.

Il demeura ainsi longuement.

Sa mère, c'était toute son enfance, toute sa jeunesse, pour ne pas dire toute sa vie. Elle l'avait élevé seule, son père étant décédé alors qu'il avait à peine deux ans. Elle n'avait pas refait sa vie. Rares étaient les hommes qu'elle avait fréquentés et, si elle avait connu quelques aventures, celles-ci avaient été tout à fait éphémères. En somme, ils avaient vécu un peu en reclus avec une relation mère-fils excessivement fusionnelle.

En cette heure difficile, dans cette atmosphère pesante marquée par l'odeur des produits aseptiques, il ne voulait plus se souvenir que des bons moments passés avec celle qui s'était entièrement consacrée à lui, qui l'avait tant aimé et que lui aussi aimait tellement.

Combien de temps durèrent ses rêveries ?

Un sifflement le surprit subitement. Une note aiguë, stridente, continue. Il se précipita vers le couloir, mais déjà deux infirmières arrivaient en courant. Sur l'écran affichant l'électrocardiogramme, le tracé était dorénavant parfaitement rectiligne. Un interne surgit à son tour. Il pria Lilian de quitter la chambre.

Que se passa-t-il ensuite ? Ce ne fut que l'affaire de quelques minutes, mais elles parurent au garçon une éternité. Le médecin ressortit de la pièce et Lilian, à la vue de son masque, comprit instantanément ce qu'il en était.

— C'est fini. Nous n'avons rien pu faire.

À quelques heures près, il avait été présent pour assister au décès de sa mère, lui avait tenu la main lors de son passage dans l'autre monde : une bien mince consolation.

2

Les jours qui suivirent le décès de sa mère, Lilian fut tellement occupé qu'il n'eut guère le temps de s'abandonner à son chagrin.

La préparation des obsèques, les nombreuses et indispensables démarches auprès d'administrations et organismes divers occupèrent son esprit et la plus grande partie de ses journées. Françoise et son mari Jacques lui apportèrent une aide et un soutien précieux.

Mercredi 15 mars 2006

Lilian s'est réveillé de bonne heure. Machinalement, en préparant son café, il allume la radio. Un journaliste égrène et commente les informations du jour.

La principale d'entre elles concerne la grève des universités.

En matière de politique internationale, le rapatriement à Belgrade de la dépouille Slobodan Milošević, décédé quatre jours plus tôt aux Pays-Bas, suscite de nombreux commentaires. L'ancien président de la République de Yougoslavie, accusé de crime contre l'humanité, était détenu à La Haye où il devait être jugé par le tribunal pénal international. Sa mort a mis fin à son procès : il ne sera jamais condamné.

Un problème, touchant à la santé, vient aussi créer de nouvelles préoccupations : la grippe aviaire, qui a fait son apparition principalement dans l'Ain, contraignant à un abattage massif de volailles.

À vrai dire, Lilian n'écoute pas vraiment. En d'autres temps, il aurait été attentif, concentré, mais aujourd'hui...

Par la fenêtre de la cuisine, tout en buvant sa tasse, il laisse aller son regard sur le petit carré de jardin que sa mère entretenait méticuleusement. Les plates-bandes ont été soigneusement nettoyées, préparées en perspective des floraisons du printemps et de l'été. Le cerisier, au milieu de la pelouse, est encore tout décharné, laissant tout juste pointer les premiers bourgeons. Le portique avec sa balançoire, ses anneaux, son trapèze et sa corde à nœuds est toujours à la même place, près de la cabane à outils, bien qu'il n'ait plus servi depuis des années. Ç'avait été son cadeau de Noël vers dix ou onze ans. Il n'a pas oublié l'amusement intense que lui avait procuré ce jeu. Combien d'heures a-t-il passées, pendu aux agrès, s'imaginant acrobate de cirque ou gymnaste. Maman venait quelquefois le rejoindre. Il l'incitait à s'asseoir sur l'escarpolette pour avoir le plaisir de la pousser. « Pas trop vite », implorait-elle, mais lui s'en donnait à cœur joie et, plus elle criait plus il accélérait le mouvement. Ils riaient tous les deux jusqu'à ce que, épuisés, ils mettent fin à cette partie de détente. Maman l'enserrait dans ses bras et déposait dix baisers, vingt baisers, sur son front, sur ses joues... Ils étaient heureux. Il était insouciant.

Aujourd'hui, le ciel est gris et le jardin bien morne. Maman est partie. Son rire chaleureux ne résonnera plus dans la maison. Pourtant il l'entend encore.

Peu après neuf heures, il prend la route de Créteil pour se rendre à la morgue du CHU. Nanou et Jacques l'y rejoindront plus tard pour la cérémonie des obsèques. Ils auraient pu faire la route ensemble, mais Lilian a préféré partir en avance pour se recueillir seul devant la dépouille. Il éprouve le besoin intense de profiter d'un dernier instant d'intimité avec celle qui ne sera plus que cendres tout à l'heure.

Le cercueil ouvert a été posé sur des tréteaux masqués par un velours noir dans une salle propice à la méditation. Les traits du visage de Marie sont détendus. Comme elle a l'air apaisée. Elle donne presque l'impression de sourire. C'est elle sans être tout à fait elle. Son teint blafard, presque jaunâtre a quelque chose d'un peu faux.

Lilian dépose délicatement un baiser sur son front glacé. S'il éprouve un immense malaise, il n'a pas la force de pleurer. Il demeure là, raide, tendu, les yeux rivés sur cette figure qui va disparaître définitivement. Ce n'est pas l'image qu'il a envie d'en garder, pourtant il ne peut en détacher son regard comme pour l'imprimer de manière indélébile dans son cerveau de crainte qu'elle s'efface avec le temps.

Un peu avant dix heures arrivent Françoise et Jacques. Ils se recueillent à leur tour devant la défunte sans prononcer une parole. Que dire en pareille circonstance ? Les mots sont dérisoires. Les hommes des pompes funèbres entrent dans la pièce. Le maître de cérémonie annonce qu'ils vont procéder à la fermeture du cercueil. Lilian embrasse une dernière fois sa mère puis on met en place le couvercle, on le visse et le scelle à la cire.

Quelques minutes plus tard, le corbillard prend la

direction de Limeil-Brévannes où une cérémonie religieuse a lieu en l'église Sainte-Madeleine.

Nanou a fait en sorte que quelques voisins et aussi des collègues de travail de la défunte soient présents à la cérémonie. Ils sont peu nombreux à s'être déplacés pour lui rendre un dernier hommage : à peine une vingtaine, dispersés dans la nef. L'impression de vide et d'abandon rend la célébration encore plus funèbre.

Sortant de l'église, Lilian, qui jusque-là a gardé réserve et dignité, fond en larmes. Nanou, les yeux rougis, elle aussi, le serre contre elle, lui témoignant toute sa compassion à défaut de pouvoir le consoler.

La plupart des fidèles s'éloignent après avoir présenté leurs condoléances et ils ne sont plus que cinq à se rendre au crématorium pour l'incinération.

Quand la porte du four s'ouvre et que le cercueil roule vers l'intérieur, le garçon, les yeux baignés de larmes, laisse aller sa tête sur l'épaule de Françoise. Cette fois c'est fini, bien fini.

Il ressort au bras de la plus fidèle amie de sa mère, soutenu de l'autre côté par Jacques. Il marche comme un automate.

3

Jeudi 16 mars 2006

Parmi les décisions importantes que doit prendre Lilian, l'une d'elles, et non des moindres, concerne le pavillon dans lequel ils ont vécu, sa mère et lui, pendant plus de quinze ans à Limeil-Brévannes. Elle en était locataire. Plus rien ne retient dorénavant le garçon en France et il n'aspire, à vrai dire, qu'à regagner New York afin d'y retrouver Alison et d'envisager avec elle leur avenir commun.

À terme, son retour en France n'est pas exclu, mais il ne constitue pas non plus une certitude. Est-il sage, dans ces conditions de continuer à payer le loyer ainsi que les charges afférentes à l'habitation ? S'il opte pour cette solution, il devra de toute façon contracter un nouveau bail avec le propriétaire. Cela suppose des démarches, mais aussi des dépenses possiblement inutiles. Bref, l'intérêt est incertain. Après réflexion, ayant entendu différents avis, pesé le pour et le contre, il opte finalement pour le renoncement à la location : une solution qui ne va pas sans contraintes. Il va falloir vider le pavillon avant de le restituer dans un délai raisonnable qu'il évalue à plusieurs semaines.

Pour plus de commodité, il faudra stocker l'essentiel

de son contenu en garde-meuble, mais cela exigera un tri important de toutes sortes d'objets et documents entassés au fil des années. Il va devoir, en particulier, décider de ce qu'il convient de jeter ou de préserver. Des heures de travail en perspective, des jours plutôt.

S'il lui arrive d'hésiter avant de prendre une décision importante, son choix effectué, Lilian revient rarement en arrière. Cette fois encore il en est ainsi. Aussi se met-il dare-dare au travail.

Maman était particulièrement ordonnée. Les documents qu'elle conservait étaient soigneusement classés. Ce besoin d'ordre, qui tournait à la maniaquerie, lui avait souvent valu des taquineries de la part de son fils qui avait, malgré tout, hérité en partie de ces qualités. En la circonstance, cela va lui faciliter la tâche. Il élimine quantité de papiers accumulés au fil des années : quittances de loyer, factures d'eau, de gaz, d'électricité, de téléphone, fiches de paie, documents bancaires, déclarations et avis d'imposition, contrats d'assurance et règlements de cotisations… Il remplit des sacs-poubelle entiers, ne conservant que les éléments les plus récents qu'il juge prudent d'archiver.

Il entreprend aussi de vider le grenier, soupente dans laquelle il s'est rarement aventuré et où sa mère conservait tout un bric-à-brac. Bien des choses accumulées pêle-mêle, entassées dans des cartons ou des caisses, font remonter à la surface des réminiscences de son enfance. Train électrique hors d'usage, automobiles miniatures à la peinture écaillée, peluches borgnes, vieux tricycle, déguisements dépareillés... tout cela réveille des souvenirs anciens, ravive la nostalgie de périodes insouciantes. Il retient quelquefois difficilement ses larmes, se rappelant les jours heureux.

Son attention est attirée par des piles de journaux au papier jauni par le temps, soigneusement rangées et ficelées. La curiosité le pousse à en examiner le contenu. Il y a là des exemplaires de quotidiens tels *le Figaro*, *le Parisien libéré*, *Libération*, *France-soir*, *l'Aurore*, ou encore d'hebdomadaires comme *le Point*, *VSD*, *Paris-Match* et quelques autres.

Ils datent de 1981 et évoquent, entre autres, le bouleversement politique que constitua l'arrivée de la gauche au pouvoir suite à l'élection de François Mitterrand. Le jeune journaliste, qu'il est depuis peu, ne peut qu'être intéressé par la relation que la presse faisait de l'événement et par les différentes analyses des chroniqueurs.

Oubliant provisoirement la tâche qu'il s'est assignée, à savoir le tri et l'élimination de tout ce qui est superflu dans le grenier, Lilian se passionne pour la lecture de ces journaux d'autrefois. Il les feuillette avidement, passe de l'un à l'autre, suit les péripéties de l'actualité du printemps 1981.

Si tous ces articles le captivent, il s'étonne que sa mère ait collecté ce type de documents. Elle ne s'intéressait que peu à la politique et il se demande bien ce qui a pu la pousser à conserver toutes ces coupures de journaux.

Il remarque aussi que nombre d'articles ont trait à un fait divers qui semble avoir mobilisé l'opinion. Il concerne la disparition d'une jeune fille de seize ans prénommée Mélanie.

De nombreux titres évoquent cette affaire : « *Une jeune fille de seize ans disparaît* », « *Mélanie n'a plus donné signe de vie depuis plus d'une semaine* », « *Mélanie : fugue ou enlèvement ?* », « *Toujours pas la moindre trace de Mélanie* », « *Disparition de Mélanie : l'enquête piétine* » ... Lilian plonge dans la lecture de cette affaire comme il le ferait pour un roman policier.

4

Mercredi 29 avril 1981

Il est un peu plus d'une heure du matin lorsque Jean-Louis arrive à son domicile. La lumière du salon filtre à travers les vitres dépolies de la porte d'entrée. D'habitude, à pareille heure, Éliane, son épouse, est couchée. Il la trouve généralement endormie, parfois occupée à lire. Quelle raison l'a poussée à veiller si tard ?

Il pénètre dans le pavillon. À peine en a-t-il franchi la porte, qu'elle se précipite à sa rencontre.

— Mélanie n'est pas rentrée, lance-t-elle sans même prendre le temps de l'embrasser.

Elle est de toute évidence excitée autant qu'oppressée et rongée par l'inquiétude.

— J'ai tenté de t'appeler à plusieurs reprises, mais je suis tombée chaque fois sur ton répondeur. Tu n'étais pas à ton bureau ?

Jean-Louis a une imperceptible hésitation.

— Si, bien sûr. Tu sais bien que je suis obligé de vérifier que toute la comptabilité est en ordre à cause des polyvalents. Je n'ai pas cessé de bosser. J'avais coupé la sonnerie du téléphone pour être tranquille.

— Je t'ai laissé plusieurs messages.

— Je n'ai pas vérifié le répondeur. À quoi bon ? Je

fais cela le matin en arrivant.

Il enchaîne :

— Qu'est-ce qu'il se passe avec Mélanie ?

— Je ne sais pas. Elle n'est pas rentrée après sa journée de cours au lycée. Je ne me suis pas tout de suite inquiétée pensant qu'elle était allée travailler chez Violaine comme elle le fait régulièrement. Vers vingt heures, ne la voyant toujours pas arriver, j'ai commencé à me poser des questions. J'ai appelé les parents de Violaine : elle n'était pas chez eux. Elle n'y est pas allée du tout. Violaine dit qu'elles se sont quittées en sortant du lycée et qu'elle n'a aucune idée de ce que Mélanie a pu faire ensuite.

— Elle commence à sérieusement nous emmerder cette gamine, explose Jean-Louis. Il va falloir qu'elle se mette au pas parce que sa crise d'ado je commence en avoir par-dessus la tête.

L'homme est d'un tempérament sanguin. Il a des réactions brutales, souvent excessives ce qui n'empêche pas que sa fille le rend heureux et fait sa fierté. Il l'a longtemps hissée sur un piédestal, l'a surprotégée, a tissé avec elle des liens de complicité dont la mère était en grande partie exclue. Au moins en fut-il ainsi tant qu'elle était enfant. Avec l'adolescence, la situation s'est sensiblement modifiée. Comme beaucoup de jeunes de son âge, aspirant à s'arracher de l'emprise familiale, elle est progressivement entrée en opposition avec ses parents, sa mère comprise. Seule, la crainte lui a dicté une attitude prudente face à son père, même si, d'évidence, leur relation se pose de plus en plus en rapport de forces. Jean-Louis sent sa fille lui échapper et il le vit mal.

— J'ai appelé chez plusieurs de ses camarades, reprend Éliane, personne ne l'a vue dans la soirée. Je me suis même demandé si je ne devais pas avertir la police, je ne savais que faire.

— Alerter la police ? Je n'ai aucune envie de me couvrir de ridicule pour une gamine qui fait sa crise.

— Si elle a été enlevée ?

— Enlevée ? Par qui ? Pourquoi ? Mademoiselle veut une fois de plus affirmer son indépendance et montrer qu'elle n'en fait qu'à sa mode. Seulement ça ne se passera pas comme ça. Je te jure que je vais y remédier.

— Où a-t-elle pu aller ?

— Est-ce que je sais ? Elle aura trouvé un copain ou une copine pour l'héberger une nuit. Ils sont toujours prêts à se serrer les coudes pour faire des conneries ces ados.

— Elle n'a jamais fugué.

— Ça ne signifie pas qu'elle n'en ait pas eu la tentation. Il y a un début à tout.

L'homme refuse perpétuellement d'envisager le pire. Il se veut pragmatique et entrevoit toujours des solutions, quelles que soient les circonstances.

La quarantaine déjà bien avancée, il a acquis une maturité qui, liée à ses qualités naturelles d'autorité, fait de lui un personnage respecté sinon redouté. Il mesure un peu plus d'un mètre quatre-vingt. Solidement charpenté, mais dépourvu d'embonpoint, il est bel homme. Son visage buriné, sa peau mate, sa chevelure poivre et sel légèrement ondulée, son regard bleu acier, cela, associé à une allure distinguée et une démarche élégante, font de lui un séducteur qui ne se prive pas d'user de ses charmes.

En affaires, il est particulièrement intraitable ce qui lui vaut, il faut bien le reconnaître, quelques inimitiés.

Après s'être forgé une solide expérience dans le

domaine commercial, il a créé, il y a une bonne dizaine d'années, sa propre entreprise : une agence immobilière qui, outre l'achat et la vente de biens, gère la location de pavillons et d'appartements et opère comme syndic de copropriétés. L'affaire fonctionne bien et compte une dizaine d'employés.

L'appât du gain et le désir de s'imposer peuvent le conduire à commettre des irrégularités dans des montages financiers, ce qui n'est pas exceptionnel, mais induit des risques en regard de la législation.

Avisé d'un prochain contrôle fiscal, sans céder à la panique, il s'est attelé à faire en sorte de masquer tout ce qui pourrait être contestable ou répréhensible. Il consacre pour cela une part importante de son temps et de son énergie à la vérification des principaux éléments comptables de la société, aux mises à jour nécessaires, à la destruction des documents inutiles ou litigieux, bref son souci : ne pas risquer une sanction financière qui pourrait être lourde de conséquences.

Il organise dans ce but nombre de réunions avec ses collaborateurs et, le soir, travaille tard à son bureau. Il n'est pas rare qu'il rentre bien après minuit. Éliane en a pris l'habitude.

Ce jour-là, elle a attendu son retour avec impatience. La réaction de son mari n'est pas vraiment en mesure de la rassurer, mais au moins l'apaise-t-elle quelque peu. S'il avait raison ? Sa nature inquiète la pousse à se tourmenter même si cela n'est pas toujours justifié. Ne s'est-elle pas trop vite affolée ? Elle veut encore croire que demain matin, en se réveillant, elle aura l'impression de sortir d'un mauvais rêve. Sa fille de retour, elle ne manquera pas de lui exprimer son mécontentement, mais elle le fera en douceur. Elle ne lui cachera pas la soirée d'horreur qu'elle a vécue et à quel point elle a été rongée par l'anxiété. Il ne faudra pas non plus la braquer, l'inciter à la révolte. Derrière son apparente assurance, Mélanie cache une effective fragilité. À ce sujet, Éliane redoute la riposte de Jean-Louis. Il n'est pas toujours diplomate ni pédagogue et il y a lieu de craindre sa réaction. S'il entre dans une de ses terribles colères, cela n'arrangera rien, bien au contraire.

Ils vont se coucher sans autre commentaire. Chacun doit ressasser de son côté, mais ni l'un ni l'autre ne se sent le courage ou l'envie de relancer la discussion. À quoi bon ? Ils sont partagés entre espoir et inquiétude, colère et mansuétude. Tous deux dorment très mal cette nuit-là sans oser se l'avouer. Éliane garde le silence pour ne pas s'effondrer, ne pas se mettre à pleurer et aussi ne pas déclencher une réaction imprévisible de son mari. Lui s'enferme dans le mutisme par orgueil. Il ne veut pas montrer de signe de faiblesse, ne veut pas avouer qu'il est meurtri, qu'il a peur, qu'il redoute, sans trop savoir laquelle, une issue dramatique.

Levés de bonne heure, ils prennent ensemble un café sur la table de la cuisine. L'atmosphère est lourde. Ils éprouvent la sensation de s'être réveillés avec la gueule de bois. Éliane finit par rompre le silence.

— Qu'est-ce qu'on fait ? On ne peut pas rester comme ça les bras croisés.

— À quelle heure a-t-elle cours aujourd'hui ?

— Huit heures.

— Attends huit heures et demie puis téléphone au lycée pour savoir si elle est présente.

— Et si elle ne l'est pas ?

— N'anticipe pas la réponse. Il sera toujours temps d'aviser lorsque nous saurons.

La conversation se limite à ce bref échange.

Plus que jamais le temps s'écoule interminablement.

Éliane tente de s'interdire de surveiller l'heure. Elle se fixe une tâche et, tant que celle-ci n'est pas intégralement accomplie, elle ne doit pas regarder l'horloge. Mais l'impatience est la plus forte et elle ne résiste pas à la tentation. Ces maudites aiguilles n'avancent pas. Elles semblent freinées par on ne sait quel caprice de la mécanique.

Jean-Louis, contrairement à son habitude, ne se rend pas, dès qu'il est prêt, à l'agence où, quasi quotidiennement, il arrive le premier. Il appelle sa secrétaire pour l'informer qu'il viendra plus tard dans la matinée sans pour autant fournir d'explication. Il s'enferme dans son bureau afin de se pencher sur quelques dossiers, mais ne parvient guère à fixer son attention.

Au fur et à mesure que l'heure fatidique approche, Éliane est de plus en plus fébrile. À huit heures trente pile, pas une minute de plus, elle téléphonera au lycée... C'est au moins ce qu'elle s'est promis. Elle a posé à côté de l'appareil un post-it sur lequel elle a noté le numéro de l'établissement.

Elle fixe la grande aiguille de la pendule de la cuisine qui semble rivée puis saute brusquement d'un cran après chaque interminable minute.

Huit heures vingt-huit. À quoi bon attendre pour si peu ? Elle compose le numéro.

On lui passe le conseiller principal d'éducation auquel elle explique, sans donner trop de détails, qu'il y a eu un problème à la maison et qu'elle souhaite s'assurer que sa fille est bien présente.

— Je n'ai pas encore les fiches d'appel de toutes les classes. Retéléphonez d'ici un quart d'heure ou, si vous préférez, c'est moi qui le ferai.

— Je rappellerai, décide-t-elle.

Elle n'a pas envie d'attendre des heures pour savoir

ce qu'il en est. L'homme a beaucoup d'occupations et elle craint qu'il oublie sa promesse. Elle raccroche. Elle s'est rarement sentie à ce point angoissée. Elle étouffe, a envie de pleurer, mais aucune larme ne vient.

Jean-Louis la rejoint dans la cuisine.

— Tu as appelé le lycée ?

— Ils ne savent pas encore. Je dois rappeler d'ici un quart d'heure.

Elle n'ajoute rien de plus. Il ne pose pas d'autre question.

À peine cinq minutes se sont écoulées que le téléphone sonne. Éliane se précipite.

— Madame Lambert ?... Monsieur Derville, CPE du lycée Marcelin-Berthelot. La fiche d'appel de la classe de première C vient de me parvenir. Votre fille est pointée absente.

Éliane demeure sans voix.

— Il y a un problème, interroge le conseiller ?

— Non. Je ne sais pas, bredouille-t-elle... Je vais voir... Je vous tiendrai au courant... Merci beaucoup.

Elle raccroche le combiné.

— Mélanie n'est pas au lycée, lâche-t-elle simplement.

— J'avais compris.

— Qu'est-ce qu'on fait ?

— Il n'y a pas, parmi ses camarades, un ou une qui pourraient savoir quelque chose ?

— Je ne vois pas. J'ai fait l'inventaire hier soir. J'ai appelé toutes celles qui me semblaient susceptibles d'être au courant de quelque chose, un détail, un problème... Aucune n'a pu me renseigner.

Elle marque un temps.

— Il faut prévenir la police. Qu'ils lancent des

recherches.

Ce n'est pas une décision, c'est une question qu'elle pose. Elle espère une approbation ou à défaut une autre idée, mais laquelle ?

— Qu'est-ce qui peut se passer dans la tête de ces gamins ? Qu'est-ce qu'ils ont dans le crâne ?

Il a dit cela pour éviter de répondre. En fait, pas plus que son épouse, il ne sait quelle initiative prendre. Lui, qui n'est jamais pris au dépourvu dans les affaires, se révèle subitement déconcerté.

— Appelle le commissariat si tu crois que c'est le mieux, murmure-t-il à regret.

5

Mardi 5 mai 1981

À cinq jours du second tour de l'élection présidentielle, les journaux évoquent le débat télévisé qui opposera les deux candidats encore en lice : Valéry Giscard d'Estaing et François Mitterrand.

Le Parisien libéré, dans sa rubrique « faits divers », révèle qu'une jeune fille a disparu depuis six jours.

Mélanie L., âgée de seize ans, élève en classe de première au lycée Marcelin Berthelot de Saint-Maur-des-Fossés, n'a plus donné signe de vie depuis le 29 avril dernier. L'inquiétude va grandissante pour les parents tandis que la police lancée à sa recherche, sans succès jusqu'à présent, s'efforce de comprendre, exploitant le moindre indice.

Selon ses professeurs, et aussi ses camarades, la jeune fille était une excellente élève, apparemment sans histoire.

Les enquêteurs ne négligent aucune hypothèse. « Fugue, enlèvement, accident, à ce jour aucune piste n'est privilégiée » a déclaré le substitut du procureur de la République du tribunal de Créteil.

L'adolescente n'a pas laissé de lettre qui pourrait orienter les recherches dans le sens d'une fugue.

Toutes ses connaissances la décrivent comme parfaitement équilibrée. Sa famille, certes aisée, n'a pas une situation financière susceptible de justifier un rapt. D'ailleurs, aucune rançon n'a été réclamée.

L'information, limitée à ces quelques éléments encore bien vagues, ne va pas tarder à susciter la curiosité et, dès le lendemain, elle est reprise par l'ensemble de la presse.

Mélanie aurait-elle été victime d'un détraqué sexuel ? La question vient à l'esprit de plusieurs journalistes qui n'ont pas oublié qu'il y a une quinzaine de jours, un présumé violeur en série opérant à Marseille a été arrêté. Luc Tangorre est accusé d'agressions sexuelles sur neuf jeunes femmes et, si d'évidence cela n'a aucun rapport avec la disparition de la jeune Saint-Maurienne, une psychose s'est installée dans le pays conduisant à imaginer toutes sortes d'affaires scabreuses.

Comme il se doit, les parents de Mélanie ont été les premiers interrogés.

À Éliane, on a reproché de n'avoir pas signalé la disparition de sa fille dès le début de la soirée du 28 avril. Elle s'est justifiée en expliquant que, n'ayant pas réussi à joindre son mari, elle s'était sentie incapable de prendre seule cette décision. Les policiers ont paru convaincus de sa bonne foi.

— Constatant que votre mari ne répondait pas au téléphone, pourquoi n'êtes-vous pas allée le trouver à son bureau ?

— Cela m'aurait pris plus d'une demi-heure pour m'y rendre et autant pour revenir. Je craignais que ma fille arrive dans l'intervalle.

— Elle n'avait pas de clé pour rentrer chez vous ?

— Si, bien sûr. Mais elle aurait trouvé la maison

vide et sûrement se serait inquiétée.

— Vous pouviez lui laisser un message sur la table de la cuisine ou de la salle à manger.

— Je n'y ai pas pensé. J'étais perdue.

Questionnée sur le caractère de sa fille, Éliane la décrit comme agréable. Évidemment, ainsi que toutes les adolescentes, elle éprouve le besoin de s'affirmer et il y a des heurts occasionnels, mais n'est-ce pas le cas dans toutes les familles. Elle est intelligente, sérieuse, son parcours scolaire en témoigne. Bien sûr, elle a son caractère, mais faut-il le lui reprocher ? Avec l'âge, elle est devenue plus secrète. Elle a tendance à se renfermer, à limiter ses confidences. Doit-on s'en étonner ?

— Et avec son père, interroge l'enquêteur ?

— Quand elle était petite, ils étaient très complices. Évidemment, cela a évolué. Normal. Très absorbé par ses affaires, mon mari est beaucoup moins présent et Mélanie, de son côté, aspire à s'assumer totalement. Comme tous les jeunes de son âge, elle rêve d'indépendance.

— Votre mari se montre-t-il exigeant ou au contraire laxiste ?

— Il est de nature autoritaire, pas toujours tolérant. Mélanie le craint, mais cela ne les empêche pas d'avoir l'un pour l'autre une réelle affection.

— À son retour dans la nuit, quelle a été la réaction de votre mari en apprenant la disparition de votre fille ?

— Dans un premier temps, je dirais la colère. Il a tout de suite pensé à une fugue.

— Il n'a pas préconisé d'alerter la police ?

— Il était près de deux heures du matin. À quoi cela aurait-il servi ? Je n'étais pas tranquille, mais j'étais d'accord avec lui : le mieux était d'attendre le matin pour voir si Mélanie se présenterait au lycée.

L'inspecteur pose ainsi des dizaines de questions. Un interrogatoire qui semble d'autant plus interminable à Éliane qu'elle ne perçoit pas toujours l'utilité de certaines d'entre elles, tandis que d'autres, en raison de leur caractère répétitif, provoquent quelque agacement. Sa fille a disparu. À quoi bon poser mille questions dont certaines lui semblent superflues ou susceptibles d'induire des réponses parfaitement subjectives. L'urgent n'est-il pas de tout mettre en œuvre pour retrouver sa fille ? Toutes ces formalités ne sont-elles pas du temps perdu ?

Elle ressort épuisée de cette épreuve. On se contente de lui dire que son mari, qui est entendu par un autre policier dans une pièce voisine, n'en a pas encore terminé.

Les déclarations de Jean-Louis corroborent celles de son épouse. Un détail, toutefois, retient l'attention de celui qui enregistre sa déposition. Pour quelle raison le père a-t-il été réticent à prévenir la police ?

— Je n'ai pas eu de réticence. J'étais persuadé qu'il s'agissait d'un caprice d'adolescente.

— Dès que votre femme a su que Mélanie ne s'était pas présentée au lycée, elle nous a téléphoné et nous lui avons suggéré de venir avec vous le plus rapidement possible au commissariat afin de faire une déclaration en bonne et due forme. Elle a immédiatement obtempéré, mais est venue seule. Pour quelle raison n'avez-vous pas jugé utile de l'accompagner ?

— Je devais passer à mon bureau. J'avais des consignes importantes à donner à mes collaborateurs.

— Ça ne pouvait pas attendre ? Vous aviez conscience de la gravité de l'événement ?

— J'avais bien l'intention de venir le plus vite possible. C'est ce que j'ai fait. J'ai la responsabilité d'une entreprise et je ne peux pas me dérober comme cela. En ce qui concerne ma fille, comme malheureusement nous n'avons actuellement aucune idée de ce qui a pu lui arriver, ma femme était aussi apte que moi à répondre à vos questions.

— Si votre fille a fugué, avez-vous une idée de l'endroit où elle aurait pu se réfugier ?

— Aucune.

— Ce pourrait être dans la famille, chez des cousins, des oncles, des tantes, ou éventuellement chez des amis… Vous ne voyez pas ?

— Je ne vois personne, parmi nos connaissances, susceptible d'apporter sa complicité en pareille circonstance. Je pense que le réflexe aurait été de nous avertir, ne serait-ce que pour nous rassurer. C'est ainsi que, personnellement, j'aurais agi.

— Votre fille a-t-elle un petit ami ?

— Elle n'a que seize ans. Ses études sont sa principale préoccupation.

— L'un n'empêche pas l'autre.

— Si elle avait un flirt, sa mère comme moi serions au courant.

— Vous êtes catégorique ?

— Peut-on l'être en ce domaine ?

— Avez-vous des ennemis Monsieur Lambert ?

— Des ennemis ? Le terme me semble un peu fort. Je peux avoir des différends avec tel ou tel, mais de là à parler d'ennemis…

— Vous ne voyez personne susceptible de vous en vouloir ?

— Au point de s'en prendre à ma fille ? Impensable.

— Nous allons nous en tenir là pour aujourd'hui.

Si quelque souvenir vous revenait, si vous trouviez le moindre indice, même insignifiant en apparence, une idée, je ne sais quoi... faites-le nous savoir immédiatement. De notre côté, nous vous tiendrons au courant de l'évolution de l'enquête.

6

Samedi 9 mai 1981

La campagne électorale pour la présidence de la République est close. Plus de trente-six millions d'électeurs seront appelés à voter le lendemain. Pour l'heure, finis les sondages, les pronostics, les commentaires, la presse doit se tourner vers d'autres centres d'intérêt.

De ce fait, l'affaire de la disparition de la jeune lycéenne de Saint-Maur-des-Fossés reprend une place importante à la une des journaux.

Ce samedi, *France-soir* titre : « Des plongeurs à la recherche de Mélanie ».

La lycéenne disparue depuis le 28 avril demeure introuvable. La police ne dispose à ce jour d'aucun indice permettant d'échafauder des hypothèses sérieuses. Accident, enlèvement, fugue ? Rien n'engage à orienter les recherches dans une direction plutôt qu'une autre.

Le procureur de la République, qui a tenu une conférence de presse au palais de justice de Créteil, a affirmé que tout serait mis en œuvre pour retrouver la jeune fille.

Plusieurs dizaines de policiers sont actuellement mobilisés. Des plongeurs de la brigade fluviale scrutent la Marne, en particulier aux abords du pont de Créteil, mais il s'agit d'un travail long et difficile compte tenu de la largeur et de la profondeur du cours d'eau, sans oublier que, même si la disparue s'est effectivement noyée, aucun élément ne permet de situer le lieu où le drame aurait pu se produire.

D'importantes investigations sont menées pour tenter de comprendre ce qui a pu se passer. Des lycéens, et plus spécialement les camarades de classe de Mélanie, sont interrogés ainsi que des professeurs et des membres du personnel de l'établissement scolaire. Un appel à témoins a été lancé : toute personne l'ayant aperçue le soir du mardi 28 avril est incitée à contacter le commissariat de Saint-Maur-des-Fossés. Des affiches comportant sa photo seront diffusées dès lundi.

Le procureur rappelle que Mélanie mesure un mètre soixante-deux, qu'elle est de corpulence moyenne, a les yeux bleus et des cheveux mi-longs châtains avec quelques mèches blondes. Le jour de sa disparition, elle était vêtue d'un jean, d'un pull-over marine avec un col en V sur un tee-shirt blanc. Elle portait, en guise de manteau, un caban, marine également. Elle avait avec elle un cartable sac à dos de couleur bordeaux.

Parmi les camarades de classe de Mélanie, aucun n'a été en mesure de fournir de renseignement précis sur ce qui aurait pu se passer le soir du 28 avril.

Les élèves de première C ont quitté l'établissement à dix-sept heures comme tous les mardis.

Mélanie est partie seule et personne ne sait si elle s'est dirigée vers le domicile de ses parents ou si elle a pris une autre direction.

Sa plus proche amie, Violaine S., avec laquelle elle

collaborait pour ses travaux scolaires et chez qui elle se rendait très fréquemment à cette fin, a expliqué que, ce jour-là, elle avait rendez-vous chez le dentiste. Pour cette raison, les deux copines se sont séparées à la sortie du lycée. Interrogée sur l'attitude de Mélanie ce 28 avril, elle dit n'avoir rien remarqué de particulier.

Quant aux parents de la disparue, ils refusent tout contact avec la presse. Leur avocat, Maître Demler, s'est contenté d'un bref communiqué dans lequel il a fait part de leur effondrement, mais aussi de leur incompréhension face au malheur qui les accable. Ils veulent encore croire à une issue heureuse, a-t-il déclaré, même si le temps qui passe ne peut qu'amenuiser l'espoir.

7

Fin mars 2006

Au fil du temps, le travail que s'est imposé Lilian se révèle de plus en plus fastidieux. Ne pouvant s'y soustraire, il fait en sorte de varier les tâches. Certains jours, il s'adonne à des rangements et à la confection de cartons - prémices du futur déménagement -, tandis que d'autres sont consacrés à diverses démarches indispensables. En somme, il s'astreint à être actif tout en évitant des besognes trop répétitives qui finiraient par être si décourageantes qu'elles ralentiraient son action.

Tous les deux ou trois jours, il tente, par le biais de « skype », d'entrer en relation avec Alison. Ce n'est pas toujours facile en raison du décalage horaire et aussi parce que le système est encore loin d'être parfaitement au point. Établir la liaison n'est pas toujours garanti. L'image se fixe ou se déchire, le son haché rend fréquemment la conversation difficile, mais qu'importe, c'est toujours mieux que rien. Les deux amoureux s'efforcent autant que possible de masquer leur mélancolie. Ils ont pris conscience du fait que ce n'est pas en se lamentant sur leur sort qu'ils vont avancer. Ils parlent d'avenir, échafaudent les projets les plus fous. Alison ne se départit plus du sourire radieux qui avait fait craquer Lilian.

Elle n'a pas oublié le jour où, Lilian lui ayant annoncé qu'il serait contraint de rester plus longtemps que prévu en France, elle avait fondu en larmes, se plaignant d'être délaissée. L'échange avait tourné au drame et le garçon l'avait très mal vécu.

— La situation est assez douloureuse, lui avait-il reproché, n'ajoute pas à ma détresse. J'espère toujours que tu vas me réconforter, mais au lieu de cela, je suis chaque fois un peu plus démoralisé à la fin de nos conversations. Je comprends que tu aies le cœur gros. Sache qu'il en est de même pour moi. Aide-moi à tenir le coup. J'ai besoin de ton sourire. C'est lui qui me donne ma force, pas tes larmes. Si à chacun de mes appels, j'angoisse à l'idée d'être ensuite encore un peu plus malheureux, crois-tu que je vais résister ? N'en est-il pas de même pour toi ? Envisageons l'avenir. Songeons à ce qui nous attend. Nous vivons un temps difficile, mais cela ne durera pas. Nous devons nous accrocher à cette perspective.

Le plaidoyer l'avait touchée et elle avait compris que trop d'impatience n'était nullement bénéfique. Elle reconnaissait que son tempérament fougueux, impétueux lui jouait des tours. Elle admirait en revanche la pondération de Lilian. Elle convenait qu'il serait bon qu'elle s'en inspire, mais on ne change pas comme ça son caractère.

Elle avait toujours été proche de sa mère et, aujourd'hui plus encore, entretenait avec elle une relation de confiance qui dépassait de loin la simple entente mère-fille. Celle qui l'avait mise au monde était devenue son irremplaçable confidente. Aussi, tout naturellement, s'était-elle ouverte de la peine que lui causait l'éloignement de Lilian, d'autant plus que la durée de leur séparation demeurait indéterminée.

Maman s'était montrée rassurante. Elle avait su trouver les mots pour convaincre sa fille de ne pas se laisser aller au désenchantement. Tout n'était qu'affaire de patience : quelques semaines, quelques mois tout au plus. Quant au garçon, il avait besoin de se sentir soutenu, compris. Il avait montré depuis le début l'authenticité de ses sentiments. Il n'était pas du genre à collectionner les aventures. Son attachement à Alison, son engouement pour elle crevaient les yeux. Nul ne pouvait en douter, surtout pas elle.

— Dans les difficultés qu'il traverse, avec la peine qu'il éprouve, il a besoin de toi plus encore que tu as besoin de lui, avait affirmé Maman. Sois souriante, rayonnante : c'est tout le soutien que tu peux lui apporter. Pour lui c'est vital. Ne t'écoute pas ma fille, cache tes larmes, montre-lui que tu es heureuse, il le sera aussi.

Alison fut sensible à ce discours et ne se plaignit plus. Pour les deux amoureux, cette sage résolution fut source de soulagement et de quiétude.

*

Au cours de ses explorations du grenier, Lilian tombe un jour sur une boîte à chaussures dans laquelle sa mère avait collecté toutes sortes de photographies. Comme les documents de presse trouvés précédemment, il se plaît à consulter les précieuses images du passé dont certaines sont déjà anciennes et qu'il ne connaissait pas ou avait oublié. Il replonge, grâce à ces clichés, dans les temps heureux de son enfance. Il fait aussi de véritables découvertes. Au dos de certaines photos est mentionné au crayon une date ou un lieu. Ce bébé dans les bras de Maman, c'est lui bien entendu. Comme elle était jeune et belle. Et cet homme aux cheveux noirs, au teint mat, mince et élancé ne peut être que son père, ce père trop tôt disparu pour qu'il en ait gardé le souvenir. De lui, il ignore presque tout. Sa mère était peu prolixe à son sujet et Lilian avait très vite conclu que sa simple évocation lui était pénible. Il aurait bien aimé savoir, mais, dès qu'il avait été en âge de percevoir cette réticence, il s'était abstenu de poser des questions bien que le mystère entourant son géniteur attisât sa curiosité.

Aujourd'hui, cette ignorance lui pèse passablement et il y a fort à parier qu'elle lui laissera des regrets durables. Les morts emportent leurs secrets, laissant ceux qui leur survivent dans une pénible expectative.

Pourquoi n'a-t-il pas osé poser des questions lorsque cela était possible ? Ces secrets de famille qui, à ce titre lui appartiennent aussi, semblent aujourd'hui perdus définitivement.

De famille, à vrai dire, il n'a guère. Au cours de ses études à l'ESJ, il a effectué une enquête sur le combat d'enfants nés sous X qui se lancent dans une recherche effrénée de leurs parents biologiques. Il avait été d'autant plus motivé par le sujet que sa propre mère était concernée, même si, à sa connaissance, elle n'avait guère investigué pour retrouver ses origines. Il ne partageait pas l'indifférence de Maman en ce domaine. Il comprenait parfaitement l'obstination de ceux qui crevaient de ne pas savoir. Comment se construire en ignorant tout de ses origines ? Son cas n'était-il pas quelque peu similaire ? Certes, il avait au moins bénéficié de la présence d'une mère, mais ce lien ténu qui le rattachait à ses origines est aujourd'hui rompu. Il l'a tant aimée et elle lui a dispensé tellement d'affection qu'il pensait avoir toujours été en symbiose avec elle.

Il réalise soudain qu'à vrai dire il sait bien peu de choses à son sujet.

Maman lui a raconté n'avoir pas connu ses parents. Abandonnée peu de temps après sa naissance, elle a été élevée dans un pensionnat avec d'autres orphelins. Elle gardait de cette période un souvenir trop pénible pour le raviver constamment. Elle lui avait seulement expliqué que, lorsqu'elle avait seize ans, elle s'était éprise d'un surveillant de son lycée. Cet étudiant chilien : Esteban Calvez, âgé de vingt-huit ans, qui avait fui le régime dictatorial du général Pinochet après le coup d'État de septembre 1973, était venu se réfugier en France où il avait poursuivi des études de droit.

Ils étaient follement amoureux. Quand Marie tomba enceinte elle obtint son émancipation pour épouser le futur père de son enfant à naître.

La situation s'étant globalement apaisée au pays de Pablo Neruda et, bien que le régime théoriquement mué en République n'ait pas recouvré de véritables institutions démocratiques, les amoureux étaient partis pour Santiago où ils s'étaient mariés. Lilian naquit le 8 octobre 1981.

Apparemment, s'il en juge par les photos qu'il a sous les yeux, ce fut pour ses parents et lui-même une période heureuse. Il se voit tout souriant dans les bras de Maman. Papa le promène sur ses épaules. Il doit avoir un an ou dix-huit mois. Ici, ils sont à la plage. Il patauge dans les eaux du Pacifique. Au dos de la photo est inscrit : « Isla Negra, décembre 1982 ». C'est le début de l'été dans l'hémisphère sud. Là, il est juché sur un cheval avec Papa qui, de toute évidence, s'amuse de le voir bien peu rassuré.

Il découvre ainsi tout un pan de sa vie dont évidemment il n'a rien gardé en mémoire compte tenu de son très jeune âge.

    Puis un jour, Papa a disparu. Maman lui a raconté qu'il était décédé tragiquement dans un accident de voiture. Tous deux sont demeurés encore deux années en Amérique du Sud. Marie avait obtenu un emploi de bureau au consulat de France de Valparaiso. Elle n'envisageait guère de demeurer dans ce pays qui n'était pas le sien et portait désormais l'empreinte du malheur, mais encore fallait-il assurer les conditions matérielles d'un retour en France, d'où le délai qu'elle s'imposa avant de mettre son projet à exécution.

    En faisant coïncider toutes ces photos avec le souvenir des rares récits sa mère, Lilian a l'impression de reconstituer un puzzle. Oh ! Il est loin d'entrevoir le tableau complet, mais il a un vague aperçu d'un passé qu'il voudrait tant s'approprier.

    Il en éprouve de curieuses sensations. Il serait bien incapable de dire si cela le rend heureux ou malheureux. La satisfaction qu'il ressent d'un côté est teintée concurremment de mélancolie.

    N'est-il pas en train de se laisser gagner par la tristesse ? Pour éviter de sombrer dans le « burnout », il est indispensable qu'il s'extraie de cet enfermement dans lequel il s'enlise inconsciemment.

    Il décide de s'aérer un peu, prend la résolution de se rendre de temps en temps à Paris, d'aller s'y promener, de visiter des musées, des expositions, de fréquenter les cinémas… Et puis il va tout faire pour renouer des contacts avec d'anciens camarades. Il est convaincu que cette thérapie l'aidera à échapper à la morosité qui lui pèse de plus en plus. C'est une nécessité absolue pour ne pas dire une garantie de survie.

8

Jeudi 30 mars 2006

Ce soir, Lilian a regardé distraitement un polar à la télévision. Il est un peu plus de vingt-deux heures trente et il n'a pas envie de dormir. Il espère joindre Alison par Skype, mais en raison du décalage horaire, ce ne sera pas avant une heure du matin. Alors, histoire de tuer le temps, il replonge dans la lecture des journaux de 1981 découverts dans le grenier.

9

Mercredi 13 mai 1981

L'enquête sur la disparition de Mélanie progresserait-elle enfin ? *Le Parisien* de ce jour affirme que oui. Un jeune homme de dix-huit ans est entendu par la police sous le régime de la garde à vue.

Mathieu Gobert, élève de terminale au lycée Marcelin Berthelot est présenté comme un suspect sérieux. Son nom, prononcé à plusieurs reprises au cours des nombreux interrogatoires de camarades de Mélanie, a fini par retenir l'attention des policiers.

Dès le début de l'année scolaire 1980-1981, il aurait, aux dires de certains, jeté son dévolu sur la jeune fille. « Il la draguait méchant » a dit l'un d'eux. « Mille balles que je me la fais avant Noël » aurait-il fanfaronné un jour en parlant d'elle.

Dans un premier temps, Mélanie ne l'a pas véritablement repoussé. Elle a pris ses tentatives d'approche à la rigolade et, s'il ne l'attire pas vraiment, son comportement l'amuse. Susciter l'intérêt du garçon paraît la flatter et il n'est pas rare qu'elle adopte des attitudes que d'aucuns qualifieraient de provocatrices. Difficile, même pour celles qui la connaissent bien, de deviner si le garçon lui inspire de véritables sentiments ou si ce n'est pour elle qu'un jeu. Elle le surnomme « le bouffon ». Est-ce du mépris ou cherche-t-elle à dissimuler un penchant ? Violaine, sa meilleure amie, affirme qu'elle n'était pas amoureuse du garçon et que même, l'assiduité de celui-ci avait fini par agacer Mélanie. Violaine se souvient d'un jour où, excédée par les avances peu délicates de son prétendant, la jeune fille l'avait éconduit sans ménagement. Une autre fois, le croisant dans un couloir tandis qu'elle s'apprêtait à entrer en classe, le jeune homme avait tenté un geste déplacé qui lui valut une gifle. La présence d'un surveillant à proximité évita que l'incident dégénère, mais de toute évidence le garçon fut mortifié par cette humiliation subie devant ses copains. « C'est déjà Noël », lança l'un d'eux à son adresse en rigolant.

Suite à cet incident, la relation entre les deux jeunes gens n'était plus seulement tendue, mais carrément hostile. À vrai dire, Mélanie faisait tout pour éviter Mathieu. Elle le dédaignait, mais celui-ci ne la tenait pas quitte. Chaque fois qu'il la rencontrait, il proférait à son encontre toutes sortes d'insultes auxquelles elle ne répondait pas, ce qui avait pour effet de décupler la rage du provocateur.

Ces événements, confirmés par plusieurs élèves, ont incité les enquêteurs à ne pas négliger cette piste.

Interrogé sur le comportement de l'élève, le conseiller principal d'éducation du lycée le décrit comme un élément parfois perturbateur et peu motivé par les études.

— Ses professeurs, précise-t-il, parlent d'un garçon intelligent, ayant de réelles capacités, mais qui se désintéresse totalement de son travail scolaire.

— Comment se situe-t-il dans la classe ?

— Au plan des résultats, il flirte avec la moyenne, disons légèrement en dessous. Le conseil de classe, à l'issue du premier trimestre, compte tenu de ses effectives possibilités, a décidé de lui infliger un avertissement pour le travail. En matière de comportement, il se montre volontiers chahuteur, difficile à canaliser. Beaucoup se plaignent de son attitude désinvolte à la limite de l'insolence. Je crois me souvenir que l'an dernier il a fait l'objet d'un conseil de discipline pour avoir insulté un professeur. Depuis il se serait quelque peu amendé, mais de là à prétendre qu'il a véritablement changé…

— Comment réagissent ses parents ?

— Inexistants. Si je ne me trompe pas, ils sont divorcés. Le père a disparu. J'entends par là que nous n'avons aucune information à son sujet et que, par conséquent, la mère élève seule son fils. Elle est manifestement dépassée.

— A-t-il des frères ou sœurs ?

— Non. Il est fils unique.

— Sa mère travaille ?

— Elle est femme de service dans une école élémentaire de Saint-Maur. Je ne sais plus laquelle.

— Est-il assidu ?

— Je vais vous dire cela.

L'homme consulte ses registres.

— Quelques absences, pas toujours justifiées, mais pas non plus excessives comparées à certains autres élèves.

— Était-il présent le 28 avril dernier ?

Le CPE cherche encore :

— Mardi 28 avril ?… Il est indiqué présent le matin, mais absent l'après-midi.

— Absence justifiée ?

— Pas à ma connaissance.

— Vous ne l'exigez pas ?

— Nous avons dû adresser, à la mère, un courrier

qui est demeuré sans réponse. Le jeune homme a dix-huit ans, il est par conséquent majeur ce qui ne nous simplifie pas la tâche.

Le policier marque un temps.

— Avez-vous eu connaissance de problèmes ou au moins de différends qu'il aurait eus avec Mélanie Lambert ?

— Notre établissement compte plus de deux mille élèves. Vous pensez bien que ce ne sont pas les conflits qui manquent, mais aussi que nous sommes loin de savoir tout ce qui peut se passer, de connaître toutes les querelles. Il faut qu'une affaire soit particulièrement grave pour qu'elle parvienne aux oreilles de l'administration.

— En la circonstance, il y a une disparition inquiétante.

— Évidemment. Nous nous sentons bien sûr très concernés et faisons tout ce qui est en notre pouvoir pour faciliter votre travail d'enquête. Malgré tout, avant ces événements dramatiques, nous n'avions aucune raison de soupçonner quoi que ce soit, surtout au sujet d'une élève qui, tous les collègues qui la connaissent sont d'accord, ne posait aucun problème. Mais vous me questionnez beaucoup sur Mathieu Gobert. Dois-je en conclure que vous le soupçonnez de quelque chose ?

— Il est encore trop tôt pour le dire. Notre devoir est de ne négliger aucune piste. À ce sujet, je compte sur votre discrétion pour ne faire état auprès de personne, pas même de vos collègues, de cette conversation.

— Impossible de ne pas en référer au proviseur.

— Disons que c'est l'exception. Nous-mêmes le tenons informé, mais comprenez que, compte tenu de la gravité de la situation, la plus grande réserve s'impose.

Monsieur le procureur de la République a fait des recommandations extrêmement claires à ce sujet : pas question de laisser fuiter la moindre information. Méfiez-vous en particulier de la presse.

*

Mathieu Gobert, convoqué à l'hôtel de police de Créteil, est entendu par l'inspecteur Favier, dorénavant en charge de l'enquête, lequel commence, comme il est de coutume, par l'interrogatoire d'identité. Après quoi, il lance tout de go :

— Tu sais pour quelle raison tu es là ?

Le garçon est méfiant. Il juge prudent d'éluder la question. Inutile d'orienter les flics sans savoir ce qu'ils cherchent a priori.

— Je ne vois pas.

— Tu connaissais Mélanie Lambert ?

La question suffit pour qu'il réalise.

— Pas vraiment.

— Tu sais tout de même de qui il s'agit ?

— La fille qui a disparu. ? On ne parle que de ça. Ce serait difficile de ne pas être au courant.

— Tu la fréquentais ?

— Non. Je suis en terminale et elle est en première, je crois.

— Ça n'empêche rien.

Le jeune homme demeure impassible. Il regarde son interlocuteur droit dans les yeux comme pour le défier.

— Tu ne t'intéressais pas à elle ?

— Non.

— C'est curieux, plusieurs de tes camarades prétendent le contraire.

Il tire, de la pile de papiers placée devant lui, un

procès-verbal d'interrogatoire.

— Tu aurais dit un jour, parlant d'elle : « Mille balles que je me la fais avant Noël ».

— C'était pour déconner.

— Donc, tu la connaissais.

— Je la voyais de temps en temps, mais je n'en avais rien à foutre.

— Elle t'aurait, paraît-il, giflé un jour dans un couloir.

— C'était une salope. Je lui ai dit et ça ne lui a pas plu.

— Qu'est-ce qui te permettait de penser ça ?

— Ça se voyait. Elle cherchait les mecs. Tout le monde le savait.

— Comment as-tu réagi au moment où elle t'a giflé ?

— Je ne me rappelle plus. J'ai dû la traiter de conne et puis elle est rentrée se planquer dans sa classe.

— Elle a disparu le 28 avril. Qu'as-tu fait ce jour-là ?

— Je ne sais pas. Rien de spécial.

— Tu es allé au lycée ?

— Comme d'habitude.

— Le registre des fréquentations laisse apparaître que tu étais absent l'après-midi.

— Je ne me rappelle pas.

— Qu'as-tu fait cet après-midi-là ?

— Je ne me rappelle pas. C'est déjà loin.

— Il vaudrait mieux que tu te rappelles.

— Vous voulez dire quoi ? Que c'est à cause de moi qu'elle a disparu ?

— Je n'ai pas dit cela. Je te demande seulement ce que tu as fait l'après-midi du 28 avril puisque tu n'étais pas au lycée.

— Mais j'en sais rien moi. Ce n'est pas la première fois que je suis absent. Alors ce jour-là…

— Ce jour-là, Mélanie Lambert a disparu.

— Et j'y suis pour quoi ? Je n'en avais rien à cirer de cette nana.

— Explique-moi seulement ce que tu as fait le 28 avril après-midi et tout ira bien.

— Je vous dis que je ne m'en souviens plus.

— Dans ce cas, je vais te laisser réfléchir et attendre que la mémoire te revienne. Je t'informe que tu es dorénavant en garde à vue. Tu as la possibilité de faire prévenir une personne de ton choix, tu peux demander à être examiné par un médecin, enfin à partir de la vingtième heure tu pourras t'entretenir avec un avocat si tu le désires.

Après signature du procès-verbal d'interrogatoire, le jeune homme est prié de se débarrasser de sa ceinture, ses lacets, sa montre et toutes sortes d'objets qu'il a avec lui puis un planton lui passe les menottes avant de le conduire dans une cellule située au sous-sol, six étages plus bas.

Dans l'après-midi, nouvel interrogatoire qui dure près de trois heures sans faire progresser l'enquête. Le garçon s'en tient à ses dénégations, affirmant être totalement étranger à l'affaire et n'en rien savoir.

Favier n'est pas un débutant. Il sait qu'un coupable, quel qu'il soit, ne passe jamais d'entrée aux aveux. Extirper la vérité exige psychologie et patience. Il faut, dans un premier temps, mettre le suspect en confiance, le persuader qu'il est de son intérêt de tout dire, d'une part pour soulager sa conscience, d'autre part pour se ménager l'indulgence de ceux qui interviendront plus tard dans son affaire. Si la méthode ne donne pas de résultat, il conviendra de procéder autrement.

Vingt-quatre heures de garde à vue paraissent interminables à celui qui est sur la sellette, mais pour le policier c'est très court. Malgré cela, Favier se montre particulièrement calme et patient : c'est sa nature. Il s'énerve rarement ce qui ne l'empêche pas de faire preuve d'autorité, de fermeté.

« Il faut laisser mûrir l'abcès » a-t-il coutume de dire. Il compte sur la nuit pour faire évoluer la situation. Passer de longues heures dans une cellule avec pour couche un banc de bois, équipé d'une simple couverture de bure et sans même un oreiller ne facilite pas le sommeil. La confiscation de la montre ôtant, en outre, tout repère temps, les conditions pour créer une angoisse maximum sont réunies. Les procès-verbaux consigneront qu'en dehors des interrogatoires le temps fut consacré au repos, mais c'est là une formule rituelle dont nul n'est dupe, et le policier moins que tout autre. Il sait que son suspect va cogiter toute la nuit et espère bien en tirer avantage dès le lendemain.

*

La nouvelle de l'arrestation d'un jeune lycéen, suspect numéro un dans l'affaire de la disparition de Mélanie, ne tarde pas à se répandre.

Le procureur de la République n'a pas jugé utile de tenir une conférence de presse. Il laisse à son OPJ le soin d'informer les journalistes. Celui-ci se contente d'une courte déclaration.

« Nous n'avons pas encore obtenu d'aveux, mais un faisceau d'indices laisse penser que ce jeune homme pourrait ne pas être étranger à la disparition de Mélanie. Plusieurs points restent à éclaircir qui permettront, au moins l'espérons-nous, d'avancer significativement dans notre enquête. »

10

Jeudi 14 mai 1981

Un gardien vient chercher Mathieu pour le conduire dans une minable pièce aveugle où il rencontre l'avocat de permanence.

La première question que pose le garçon concerne l'heure.

— Sept heures trente, répond l'homme en robe noire après avoir consulté sa montre.

L'entretien dure à peine une dizaine de minutes et n'apporte rien, à proprement parler, au jeune homme. Après l'avoir écouté, l'avocat lui suggère de ne pas trop parler, de se contenter de répondre très directement aux questions qui lui sont posées, mais sans s'étendre.

Mathieu sera-t-il remis en liberté ? L'avocat ne s'avance pas.

À l'issue de cette brève entrevue, il regagne sa cellule, mais pour très peu de temps, car un gardien vient de nouveau le chercher pour le ramener cette fois auprès de l'inspecteur Favier.

Il est à peine huit heures. Si le policier s'y prend si tôt c'est qu'il n'a pas de temps à perdre. Dans deux heures tout juste, la première journée de garde à vue s'achèvera et une décision devra être prise : prolongation de vingt-quatre heures ou fin du processus. Le procureur décidera.

Le flic ne s'embarrasse pas de préambule.

— Beaucoup de choses ne collent pas dans tes déclarations, lance-t-il à Mathieu. Il est indispensable que tu t'expliques. Nous y passerons le temps nécessaire, mais je tiens à tirer les choses au clair. Si ça t'amuse de faire traîner, amuse-toi. J'ai tout mon temps. Sache que je ne te lâcherai pas tant que tu ne m'auras pas tout dit.

Il tente ce coup de bluff tout en sachant qu'au contraire le temps pour parvenir à ses fins est limité.

— Vous dire quoi ? Je n'ai rien à dire. J'en ai rien à foutre de cette meuf. Je la connais même pas. Si ça se trouve, elle a fait une fugue. À vous de la retrouver.

— Nous avons envisagé cette solution, mais dans l'état actuel de nos informations ce n'est pas ce qui paraît le plus probable.

— C'est quoi le plus probable ? Que je l'ai enlevée et que je la séquestre je ne sais où ? Et pour en faire quoi ?

— Tu la séquestres ? Tu ne la séquestres pas ? C'est toi ? C'est pas toi ? Je n'en sais rien. La seule chose que je sais c'est que, dans tes déclarations, beaucoup de points ne sont pas clairs. Pour moi, une question essentielle demeure : « Qu'as-tu fait l'après-midi du 28 avril puisque tu n'étais pas au lycée ? ».

— Vous vous souvenez de tout ce que vous faites tous les jours vous ?

— Pour l'instant, ce n'est pas de moi qu'il est question.

Il poursuit :

— Habituellement, tu rentres directement chez toi en sortant du lycée ou tu vas te promener ?

— Je rentre parce que sinon ma mère elle gueule et ça me casse la tête.

— À quelle heure revient-elle ?

— Vers cinq heures et demie.

— Donc ce jour-là, étant censé quitter le lycée à dix-sept heures, tu serais rentré chez toi avant ou après ta mère ?

— Avant.

— Au moins une chose dont tu te souviens. Ça ne me dit pas, cependant, ce que tu as fait l'après-midi. Pour sécher les cours, tu devais avoir une bonne raison.

— Le mardi, on a deux heures de philo. Ça me gave. La prof elle est naze. Alors de temps en temps je saute le cours, ça me fait des vacances.

— Et tu fais quoi ?

— Ça dépend. Je vais me balader. Des fois je vais au cinoche.

— Le 28 avril ? C'était balade ou cinéma ? Tu peux t'en rappeler, ce n'est pas si ancien.

Mathieu hésite quelques secondes puis lâche :

— Je suis allé au ciné.

— Tu es sûr ?

— Oui.

— Heureux que tu retrouves la mémoire.

— Vous me gonflez avec vos questions. Vous voulez en venir où ?

— Calme-toi… Et c'était quoi ton film ?

— *Le tueur de la forêt.*

— Tout un programme ! Ça parle de quoi ?

— De quatre mecs qui vont camper dans une forêt et qui se retrouvent face à un tueur… C'est un film d'horreur américain.

— Passionnant !... À quelle heure s'est terminée la séance ?

— Je ne sais pas exactement. Vers cinq heures, je crois.

— Après cela, tu rentres donc directement chez toi et ta mère n'est pas encore là.

— Elle a dû arriver une dizaine de minutes après.

— Tu es ressorti dans la soirée ?

— Non.

— À part ta mère, d'autres personnes pourraient confirmer ce que tu me racontes ?

— Non, puisque je n'ai pas bougé de la maison.

— Évidemment.

Un long silence s'installe. Favier hésite sur l'attitude à adopter. Pour se donner une contenance, il feint de relire les PV empilés devant lui. En réalité, il réfléchit. Doit-il pousser plus loin ses investigations dans l'espoir de faire céder le gamin ou est-il préférable de le laisser mijoter encore afin de le mener au bord de la rupture ? « Ce môme est plus costaud que je ne le croyais », pense-t-il.

Il en a fait craquer d'autres. Celui-là finira par céder à son tour, il en est sûr, mais pour cela il faut encore un peu de temps. La prolongation de la garde à vue s'avère indispensable. Reste à en convaincre le proc. C'est la carte qu'il décide de jouer.

— As-tu quelque chose à ajouter, demande-t-il en conclusion de l'entretien ?

— Non.

— Nous allons donc nous en tenir là. Tu vas encore réfléchir et puis nous nous reverrons plus tard. Si quelque chose te revenait à l'esprit, on ne sait jamais... Pour ma part, je vais rendre compte au procureur. À lui de décider de la suite à donner.

Mathieu est reconduit en cellule.

*

En fin de matinée, retour dans le bureau de Favier qui l'informe que le procureur prolonge sa garde à vue de vingt-quatre heures.

Il résume les principaux éléments ressortant des précédents interrogatoires puis demande :

— Tu confirmes tes déclarations ?

— Oui.

La moue que fait le policier montre clairement son incrédulité.

— Dans ce que tu m'as dit, il y a des choses qui me chiffonnent.

Il consulte ses fiches.

— Exemple : le 28 avril, tu prétends être rentré directement chez toi après le cinéma et tu affirmes que ta mère serait arrivée une dizaine de minutes plus tard. C'est bien cela ?

— Oui.

— Tu es tout à fait sûr ?

— Tout à fait.

— Tu ne peux pas t'être trompé ?

— Non.

— Désolé, il y a un os.

Mathieu ne répond rien. Le policier lit la surprise dans son regard. Il continue :

— Ta mère est agent de service dans une école primaire où son rôle consiste, entre autres, à faire le ménage dans les classes après la sortie des élèves à seize heures trente. Elle termine donc environ une heure plus tard puis rentre chez elle. C'est bien cela ?

— C'est ça.

— Toutefois, chaque soir, une des femmes de service doit rester un peu plus tard afin de balayer la classe dans laquelle s'est tenue l'étude surveillée qui s'achève à dix-huit heures. De ce fait, celle-ci termine sa journée vers dix-huit heures trente. Tu sais cela ?

— Oui.

— D'après le tableau de roulement du personnel de service, il se trouve que le 28 avril c'est ta mère qui était d'astreinte. Elle n'est donc pas rentrée vers cinq heures et demie ou six heures moins le quart, mais au moins une heure plus tard.

— Non.

— Comment ça, non ?

— Elle est rentrée à cinq heures et demie.

— Nous avons vérifié. Le directeur de l'école est formel.

— Il se trompe.

Favier n'insiste pas. Il enchaîne :

— Oublions ce détail. Tu prétends être allé au cinéma, ce mardi, voir un film intitulé *Le tueur de la forêt*. C'est bien exact ?

— Oui.

— Désolé, mais c'est impossible.

— Pourquoi ?

— Parce que les programmes de cinéma changent le mercredi et que *Le tueur de la forêt* est sorti le 29 avril. Il n'était donc pas encore à l'affiche le 28.

— Je vous assure que je suis allé le voir. Je peux même vous raconter l'histoire si vous en voulez la preuve.

— Merci. Ce n'est pas vraiment mon cinéma. Et puis ça ne changerait rien. Je ne dis pas que tu n'as pas vu le film, je dis seulement que tu ne l'as pas vu le 28 avril.

Mathieu demeure interloqué. Il ne trouve rien à répondre.

— Explications ?

— Je n'ai pas d'autres explications. Je vous jure que…

— Inutile de jurer. Tu racontes ce que tu veux, mais il y a des faits parfaitement établis et quoi que tu dises, c'est à ceux-là, et seulement ceux-là, que je me réfère.

Cette fois, le garçon semble ébranlé. Il a perdu de sa superbe. Il n'est plus arrogant et donne presque l'impression d'implorer la pitié de son interlocuteur, de le supplier de le croire.

Il est cuit, pense Favier.

— Alors, tu me la sors cette vérité ?

— Je vous ai tout dit. Je ne peux tout de même pas inventer.

— Je ne te demande pas d'inventer, mais tes déclarations étant en contradiction avec les faits, je ne peux pas les tenir pour exactes. Alors, ou tu as une explication rationnelle, ou je suis obligé d'en déduire que tu mens.

S'ensuit un lourd silence. Mathieu va-t-il effectivement craquer ? À quoi pense-t-il ? Cherche-t-il un moyen de se tirer de ce mauvais pas ? Réfléchit-il aux conséquences d'aveux éventuels ? Que sait-il vraiment ? Est-il effectivement impliqué dans cette affaire et si oui, quelle est sa part ? Que sait-il de ce qu'il est advenu de Mélanie ? Est-il sincère ou affreusement dissimulateur ?

Les deux hommes évitent de se regarder franchement. L'un comme l'autre jette de temps en temps un bref regard à l'adversaire. Combien de temps dure ce round d'observation ? Favier prend l'initiative d'y mettre fin :

— Tu t'enferres, mon garçon. Je crains que tu t'exposes au pire. Tu vas encore réfléchir et je te suggère de bien peser le pour et le contre parce qu'après ce sera difficile de revenir en arrière. Si tu t'es trompé dans certaines de tes déclarations, il est encore temps de rectifier, mais n'attends pas qu'il soit trop tard. Si tu as fait une bêtise, tu dois assumer. Il t'en sera tenu compte. Dans le cas contraire, n'attends aucune indulgence de personne.

— Mais puisque je vous dis…

— Tu dis, tu dis… moi je te répète que je m'en tiens aux faits. Si donc, tu n'as rien de nouveau à déclarer, on va s'arrêter là.

Mathieu baisse la tête, on le sent désemparé, mais il se tait.

— J'ai autre chose à faire que perdre mon temps. Je vais te laisser réfléchir, mais réfléchis vite. Pense à ce que je t'ai dit…

Il se lève et se dirige vers la porte pour appeler :

— Roger ? Tu peux raccompagner le jeune homme.

Le planton arrive et lui présente les menottes.

*

À vrai dire, Favier n'a plus l'intention d'interroger une nouvelle fois Mathieu. Il sait qu'il n'en tirera rien de plus et qu'il est préférable de changer de stratégie. Pour cela, il va charger un collègue de prendre sa relève.

Lenglet lui semble le plus apte à accomplir cette tâche. C'est un con et une grande gueule, mais pour ce genre de boulot il peut être utile. Il suffira de bien le briefer et de lui donner des directives précises. De son côté, il vérifiera certains éléments.

Une de ses priorités est à présent d'interroger la mère de Mathieu avant qu'elle se concerte avec son fils. Il consulte sa montre : midi et demi.

À cette heure, elle doit assurer le service de cantine dans l'école où elle est employée. Il pourrait la convoquer pour le début d'après-midi, mais préfère aller la rencontrer sur son lieu de travail. Il gagnera du temps. Il a conscience que son dossier doit être quasiment bouclé pour la fin de la journée. Cela lui laisse une petite heure pour aller casser la croûte et prendre un café.

À treize heures trente, il est à pied d'œuvre. Il va saluer le directeur de l'établissement scolaire auquel il expose les raisons de sa visite. Celui-ci l'accompagne jusqu'à la cantine où les femmes de service achèvent de prendre leur repas. L'enquêteur laisse la mère de Mathieu terminer le sien puis l'invite à se retirer dans une pièce voisine afin d'être tranquille pour converser.

La femme est fébrile. Elle est inquiète pour son fils. Bien qu'intimidée, elle se risque tout de même à demander au policier s'il sera prochainement libéré.

— Ce n'est pas de mon ressort, mais de celui du procureur. Soit il estimera que l'affaire doit être classée, soit il optera pour l'inculpation. S'il choisit la deuxième solution, le dossier sera transmis à un juge d'instruction qui décidera de l'incarcérer ou de le remettre en liberté.

— Et vous, vous pensez quoi, demande-t-elle, anxieuse ?

— Je ne pense rien Madame. Je mène mon enquête et je rends compte. Je n'ai aucun pouvoir en ce domaine.

Il aborde très vite le motif de sa présence. Même s'il sait que cela a peu de chance de faire progresser son enquête, en guise d'introduction, il interroge la femme sur son fils : son caractère, son comportement habituel. Il oriente ensuite la conversation avec des questions plus concrètes et plus précises.

— Le 28 avril, d'après le tableau de service que m'a montré le directeur de l'école, vous étiez en charge du nettoyage de la classe d'étude.

— C'est possible. Je n'ai pas toutes mes dates en tête, mais s'il vous l'a dit…

— Votre fils prétend que ce jour-là vous êtes rentrée vers dix-sept heures trente.

— Il peut se tromper. Il ne se rappelle pas forcément des jours où je rentre plus tard. D'autant plus que ça change tout le temps.

— Il est pourtant tout à fait affirmatif.

— Il peut confondre avec un autre jour.

Elle demande :

— C'est important ?

— S'agissant du jour où a disparu la jeune Mélanie, il y a tout lieu d'être précis.

— Vous ne pensez tout de même pas qu'il a quelque chose à voir avec cette histoire ? C'est un gentil garçon, vous savez. Il joue les durs, mais c'est seulement pour paraître devant les copains. Bien sûr, il fait des bêtises comme tous les gamins, mais il n'a jamais fait de mal à personne. C'est bien triste l'histoire de cette petite. Je me mets à la place des parents, ce doit être horrible de ne pas savoir où elle est et ce qui a pu lui arriver. Mais mon fils est complètement étranger à cela. S'il avait fait quelque chose, je le saurais.

— Je ne suis pas certain qu'il aurait eu envie de s'en vanter.

— S'il n'avait pas la conscience tranquille, je m'en serais aperçue. Ce sont des choses qu'une mère sent. Je le connais bien, vous savez.

— Admettons… Une autre question : si donc, ce jour-là vous étiez d'astreinte, comme vous dites, à quelle heure êtes-vous rentrée chez vous ?

— Vers six heures et demie, sept heures moins vingt au plus tard.

— Vous vous souvenez si votre fils était présent à votre retour ?

— Il était là, c'est sûr. Je suis très stricte là-dessus. Pendant la semaine, pas question qu'il sorte : ses devoirs d'abord.

Tout en s'efforçant de le défendre de son mieux, elle cherche à donner d'elle l'image d'une mère qui exerce effectivement son autorité, mais Favier n'est pas dupe.

La conversation dure ainsi une vingtaine de minutes confortant le policier dans sa conviction : Mathieu n'a pas dit toute la vérité. Le 28 avril, sa mère est rentrée au plus tôt à dix-huit heures trente. Mélanie ayant disparu peu après dix-sept heures. Il s'est donc écoulé un temps à propos duquel le garçon n'a aucun alibi. Comme en plus il a menti à propos du cinéma, il est plus que suspect.

Dans le même temps, Lenglet a pris la relève de son collègue auprès du lycéen. La quarantaine, grand, visage taillé à la serpe, bouche lippue, cheveux ondulés grisonnants, lunettes cerclées de métal, toujours très sûr de lui, il a la suffisance des imbéciles, mais peut être efficace dans certaines situations. La police a aussi besoin de ce genre de fonceur irréfléchi. Vis-à-vis des justiciables, il se présente toujours comme « l'inspecteur » Lenglet ce qui le pose davantage, même si, en vérité, il n'a que le grade de gardien de la paix. On s'en remet à lui si on a besoin d'un « bulldozer » et aujourd'hui c'est le cas. Il s'agit de mettre face à Mathieu un policier au caractère fondamentalement différent de celui qui jusqu'à présent l'interrogeait, cela dans le but de le déstabiliser.

— Mon collègue Favier étant occupé, je suis chargé de le remplacer, dit-il simplement au garçon.

A priori, Mathieu ne se méfie pas. Il espère que celui-là va l'écouter et qu'il parviendra à le convaincre. Il ne tarde pas à déchanter. À peine tente-t-il de prononcer un mot que l'autre aboie :

— C'est moi qui parle et tu m'écoutes. J'aime autant te prévenir que ce n'est pas toi qui vas me balader. Dis-toi bien que j'en ai vu d'autres et des plus coriaces que toi. Ils finissent toujours par cracher le morceau.

Le type y croit vraiment. Il est persuadé d'impressionner fortement son adversaire. Favier est trop gentil, pense-t-il. Ce genre de petite frappe doit être bousculé. Il faut carrément lui rentrer dedans. Il se lance dans un long discours axé sur deux idées maîtresses.

La première consiste à persuader le garçon que son intérêt est d'avouer. Pour cela, il tente de faire appel à son amour propre.

— Si, à ce que tu as fait, tu ajoutes la couardise, tu ne pourras plus te regarder dans la glace. En t'enlisant dans ce système de défense qui consiste à tout nier, à fuir les responsabilités, tu te salis toi-même, tu te rabaisses. Montre au moins que tu es un homme. Prouve-toi que tu n'es pas un lâche. Garde-toi la faculté de relever la tête.

Il avance ensuite un autre argument qu'il espère susceptible de pousser le garçon à céder, simplement par intérêt.

— Si tu avoues, dit-il, il t'en sera tenu compte. À la fin de ta garde à vue, tu vas être présenté à un juge d'instruction qui décidera de ton sort. Si tu as fait preuve de bonne volonté, montré que tu es décidé à collaborer, il peut choisir de te remettre en liberté. Oh ! pas sans condition bien sûr, car les faits sont graves. Tu seras soumis à un contrôle judiciaire, mais ça vaut toujours mieux que de se retrouver derrière les barreaux. Tu te doutes bien que ce juge n'a pas que ton dossier à traiter et si tu pars à Fresnes ce sera pour des mois si pas des années. Tu dois passer ton bac en juin ? Plus question. Autant dire que je ne donne pas cher de ton avenir. Les études : terminées, foutues. Tu réalises les conséquences de ton entêtement ? Tu es conscient de ce qui t'attend ? C'est ta vie que tu es en train de foutre en l'air. Tu le sais, ça ?

Mathieu ne bronche pas. Il a les yeux fixés sur le pot à crayons posé sur le bureau. Il jette seulement, de temps en temps, un regard furtif à son interlocuteur.

— Si j'ai un conseil à te donner, c'est de dire tout ce que tu sais, de ne rien me cacher de la vérité. De toute façon, la vérité on finira tôt ou tard par la découvrir. C'est ta dernière chance. Où tu parles maintenant, où tu mets le doigt dans l'engrenage judiciaire et là tu vas comprendre ta douleur. Tu finiras par regretter, mais ce sera trop tard.

Il se lève.

— J'ai un coup de fil à passer, ça va te laisser quelques minutes pour réfléchir, après quoi nous reprendrons cette conversation.

À peine a-t-il quitté la pièce qu'un flic en uniforme vient le remplacer, chargé de surveiller le gardé à vue. L'homme se campe, les bras croisés, à proximité de la porte restée entrouverte. Il ne prononce pas un mot. C'est tout juste s'il a un regard pour le garçon.

Combien de temps cette absence dure-t-elle ? Dix minutes, un quart d'heure ?... De retour Lenglet affiche un air particulièrement décidé. Il s'assoit à son bureau, prépare soigneusement une liasse de papiers entre lesquelles il intercale des feuilles de carbone, l'installe sur la machine à écrire et commence à frapper son texte. Ce rituel se déroule sans qu'il prononce un seul mot pour alourdir encore l'atmosphère. Il s'arrête enfin et tourne son regard vers Mathieu :

— Reprenons donc. Qu'as-tu à ajouter ?
— Rien.
— Tu as compris ce que je t'ai dit ? Tu es conscient des risques que tu prends ? Tu ne veux vraiment pas parler ?
— J'ai déjà tout dit.
— Tant pis pour toi.

Il marque un temps puis demande :
— À quelle heure es-tu sorti du cinéma le 28 avril ?
— Je l'ai déjà dit à votre collègue.
— Mon collègue ce n'est pas moi. Tu vas me le redire.

L'interrogatoire continue sans apporter d'éléments nouveaux. Mathieu se ferme comme une huître. Il refuse dorénavant de répondre. Lenglet est furieux. Il était sûr de montrer à Favier que lui au moins est capable d'extorquer des aveux au suspect, mais voilà que ce petit con le nargue avec son silence, se plaît à l'humilier.

Pour éviter de perdre la face, il pose question sur question sans obtenir aucune réponse nouvelle et consigne le tout dans son procès-verbal.

Rageur, conscient de son échec, il met fin à l'entretien non sans éprouver le besoin de tenter de faire croire à son adversaire que c'est lui qui a gagné le combat. Après que Mathieu ait signé, il range soigneusement ses feuilles tout en proclamant :

— Avec ça, mon vieux, tu es foutu. Le procureur ne va pas te rater. Tu peux être certain qu'il va demander ton incarcération et tu ne pourras pas dire que je ne t'avais pas prévenu.

Le garçon est reconduit en cellule, ses interrogatoires sont terminés.

*

Vers dix-neuf heures, on vient le rechercher pour le conduire, en même temps que d'autres détenus, de l'hôtel de police au palais de justice de Créteil. Après la fouille réglementaire, il est amené dans une cellule pour y passer la nuit.

Le lendemain, il comparaît devant un juge d'instruction, assisté de l'avocat qu'il a rencontré la veille et en présence du substitut du procureur. Le magistrat lui notifie son inculpation et le débat porte ensuite sur la nécessité ou non d'un placement en détention provisoire. Le substitut le réclame avec insistance et la piètre plaidoirie de l'avocat ne pèse pas lourd en opposition à son argumentation.

Le garçon nie en bloc, mais est incapable de justifier son emploi du temps le jour de la disparition de Mélanie. Qu'a-t-il fait ? A-t-il agi avec des complices ? Ne risque-t-il pas, lorsqu'il sera dehors, de faire disparaître des éléments probants ?

À ces arguments s'ajoute la pression de la presse, toujours à l'affût, dont les commentaires risquent d'engendrer de violentes réactions dans l'opinion publique qui ne comprendra pas qu'on relâche le seul suspect dans une affaire qui suscite une vive émotion.

Le magistrat hésite peu. Comme beaucoup de ses confrères, il n'est pas homme à agir en franc-tireur. Aussi se range-t-il à l'avis du représentant du ministère public et décide-t-il l'incarcération du jeune homme à la prison de Fresnes.

11

Mardi 4 avril 2006

Ces derniers jours, le temps était maussade. Les giboulées se succédaient, laissant peu de place à de rares apparitions du soleil, le plus souvent en fin de journée. Cette grisaille n'engageait guère à sortir, aussi Lilian avait-il consacré la plus grosse part de son activité à la préparation du déménagement du pavillon de Limeil-Brévannes. Il avait aussi recherché un garde-meuble où il pourrait stocker tout ce qu'il envisageait de conserver. Cette question réglée, resterait à la mettre en œuvre lorsqu'il quitterait définitivement les lieux et restituerait le logement à son propriétaire.

Il éliminait tout ce qui lui semblait dorénavant inutile ou sans intérêt, brûlait les documents dans la cheminée du salon, remplissait d'énormes sacs plastiques noirs de toutes sortes de bricoles qu'il jugeait obsolètes pour les déposer sur le trottoir la veille du passage des éboueurs. Le troisième mardi de chaque mois avait lieu le ramassage des encombrants qui permettait de se débarrasser des objets volumineux et des vieux meubles sans intérêt.

Nanou et Jacques venaient de temps en temps l'aider à transporter ou déplacer des choses impossibles à manipuler seul.

Parfois ils lui proposaient de dîner avec eux, tout en faisant en sorte que ces invitations ne soient pas trop régulières ou systématiques afin que Lilian ne se sente pas dépendant.

Le travail avançait, même si le jeune homme réalisait être encore loin de l'achèvement de sa tâche.

Comme l'a annoncé la météo hier soir, ce matin le ciel est limpide et, si la température reste fraîche, il flotte assurément un parfum de printemps, occasion rêvée pour sortir, s'aérer un peu, se changer les idées.

Récemment, il a joint par téléphone Alex Dampierre : un de ses bons camarades de l'ESJ aujourd'hui employé par l'agence France presse. Ils ont convenu de se revoir dès que possible. Ce beau temps n'est-il pas idéal pour mettre cette promesse à exécution ? Il a donc appelé son copain hier soir, lequel ne s'est pas fait prier. Alex a proposé de déjeuner dans une brasserie du côté de la rue Réaumur.

Vers neuf heures, Lilian se met en route, détendu à la perspective de cette journée de décompression. Conscient des difficultés de circulation et de stationnement dans Paris, il dépose sa voiture au parking du centre commercial « Créteil Soleil » et poursuit le trajet en métro. Après un changement à Reuilly-Diderot, il descend à la station Hôtel de Ville, prévoyant d'emprunter la rue de Rivoli en direction de la place de la Concorde.

Le soleil rayonne à tel point que, sortant de la bouche de métro, Lilian est ébloui.

Sur les trottoirs, de chaque côté de la rue, foule de piétons se croisent en tous sens. Parmi eux, des flâneurs, des touristes, mais aussi des gens en pleine activité. Cette fourmilière grouillante ne peut éviter les nombreuses bousculades qui sont le quotidien des Parisiens.

Sur côté droit de la chaussée circulent taxis et autobus dans la voie qui leur est réservée tandis que sur le côté gauche roulent, sur trois files, automobiles et camionnettes parmi lesquelles slaloment motos et cyclomoteurs qui prennent toutes sortes de risques pour tenter de gagner quelques précieuses minutes. Dès qu'un feu passe au rouge, des grappes entières de piétons se précipitent pour traverser la rue.

Le rendez-vous avec son ami étant fixé aux environs de midi et demi, Lilian constate qu'il a largement le temps de se balader. Aussi change-t-il d'avis et traverse-t-il la place de l'Hôtel de Ville en direction des quais de Seine.

Il longe le fleuve sur le quai de Gesvres. Les voitures filent sur la voie sur berge Georges Pompidou. Sur la rive opposée, il aperçoit l'île de la Cité avec, au-delà du pont au Change, la Conciergerie. Il l'avait visitée avec sa mère il y a plusieurs années. Quel âge avait-il ? Dix ans, douze ans ? Ce souvenir engendre un peu de nostalgie qu'il chasse rapidement.

Il débouche place du Châtelet où le célèbre théâtre fait face à son jumeau : l'ex-Sarah-Bernhardt aujourd'hui rebaptisé théâtre de la Ville, l'un et l'autre ayant été construits par l'architecte Davioud entre 1860 et 1862 à l'initiative du baron Haussmann dans le cadre de sa restructuration de la capitale.

Sa promenade se poursuit quai de la Mégisserie. Il dépasse le Pont-Neuf, le pont des Arts puis atteint le pont du Carrousel où il bifurque en direction des jardins du Louvre au milieu desquels trône la pyramide.

Au fur et à mesure que l'heure avance, la température s'adoucit. Lilian ressent un réel bien-être.

Il savoure cette journée de printemps. Il n'est plus seul. Alison est à ses côtés. Elle s'émerveille de tout. Elle, qui désirait tant découvrir Paris, ne cache pas son bonheur. Le garçon, quant à lui, est si heureux et si fier d'assouvir le rêve de sa fiancée américaine qu'il ne tarit pas de commentaires sur les merveilles de cette promenade. Il sourit, respire à pleins poumons. Il a envie de la serrer très fort contre lui, de l'embrasser. Il entend son rire, ce rire charmant et charmeur qui le fait chaque fois craquer. Rarement, il s'est senti si euphorique. Rarement, il a éprouvé pareil enchantement. Bien sûr, tout cela n'est que songe, mais il ne doute pas que ce sera bientôt une réalité, qu'un jour prochain, peut-être pas si éloigné, il guidera dans Paris celle qu'il aime et qu'il a hâte de retrouver.

Parce qu'il est un peu en avance, histoire de tuer le temps, il fait un crochet par la place de l'Opéra où il admire une nouvelle fois la façade majestueuse de l'œuvre de Charles Garnier, édifice emblématique de l'architecture éclectique, qui caractérisa la seconde moitié du dix-neuvième siècle.

Il redescend ensuite, d'un pas tranquille, la rue du 4 septembre en direction de la place de la Bourse. Sur la gauche se dresse le palais Brongniart, aisément reconnaissable aux colonnes qui l'entourent, et dans lequel eurent lieu, avant l'avènement de l'informatique, les tractations boursières. Ce fut le cas jusqu'en 1987 et c'est en 1998 que cessèrent d'y avoir lieu, définitivement, toutes activités relatives aux finances.

Sur la droite, un bâtiment moderne, à la façade entièrement vitrée et sur le toit duquel se dressent de nombreuses antennes et paraboles, abrite les bureaux de l'Agence France Presse.

— Salut l'Amerloque, dit soudain une voix en lui donnant une tape amicale sur l'épaule.

Lilian sursaute. Il n'a pas vu arriver son ami.

Alex est un tout petit bonhomme particulièrement tonique, perpétuellement en mouvement. Avec ses cheveux en brosse et ses oreilles décollées, il a l'air d'un gamin, mais ce n'est qu'apparence. À l'ESJ, il brillait par son esprit synthétique et sa capacité à rédiger avec une efficacité étonnante, en peu de mots, des billets sur les sujets les plus divers et les plus complexes.

Pas surprenant qu'il ait facilement trouvé sa place au sein d'un organisme tel que l'AFP. Écrire des dépêches est pour lui un jeu d'enfant. Il aspire cependant à un tout autre avenir. Il fait ici ses premières armes, mais ambitionne de devenir rapidement grand reporter. Se rendre sur les théâtres d'opérations de pays en guerre ne lui fait pas peur, bien au contraire, c'est son objectif depuis le début de ses études journalistiques.

Parallèlement à son activité, il effectue ponctuellement des travaux de recherche pour des émissions de télévision traitant en particulier des grandes affaires criminelles. Dans tout ce qu'il fait, on le sent passionné, actif et réactif.

Tous deux se rendent dans un petit restaurant pour déjeuner. Ils ont tant de choses à se raconter.

Alex évoque ses piges pour la télévision et Lilian ne résiste pas à l'envie de lui raconter l'histoire de Mélanie, cette jeune fille disparue en 1981 dont il ignore encore si l'affaire fut un jour élucidée.

— Je pourrais en parler à Mariton, mon rédacteur à France télévision, dit Alex. Je suis sûr qu'il sait des choses. En tout cas, le sujet ne peut que retenir son attention. Il est spécialisé dans les chroniques judiciaires et s'intéresse tout particulièrement aux affaires non résolues. C'est un passionné perpétuellement à l'affût.

Lilian narre en détail ce qu'il sait de cette histoire découverte par hasard.

— Et si je te présentais à Mariton ?

L'idée ne lui déplaît pas. Non, qu'il espère que le sujet soit traité dans une émission, mais parce que l'homme pourrait le tuyauter pour ses recherches à propos d'une affaire qui dorénavant le captive.

Au cours du repas, les deux garçons ne cessent de converser. Tout y passe : leur vie actuelle, leurs projets, mais aussi les souvenirs de leur passage à l'ESJ. Alex est un véritable « moulin à paroles ». Il est curieux de tout, ne manque pas d'humour non plus. Avec lui on ne s'ennuie jamais.

Soudain, il réalise qu'il est près de quinze heures.

— Bon sang, s'exclame-t-il, je devrais peut-être aller bosser, moi !

À regret, il faut abréger la rencontre. Lilian raccompagne son copain jusqu'au hall de l'AFP.

— On ne perd pas le contact, lance Alex avant de s'engouffrer dans l'immeuble.

Lilian lui répond par un signe de la main accompagné d'un clin d'œil. Ils ont passé ensemble quelques heures agréables, dommage que ce soit déjà terminé. Il repart en flânant, guère pressé de regagner Limeil-Brévannes. Sur la façade du Gaumont-Opéra, il consulte les affiches de films. Figure, entre autres, « La doublure », de Francis Weber avec Daniel Auteuil, Gad Elmaleh, Alice Taglioni et quelques autres. Il en a entendu parler à la radio et vu des extraits à la télévision. Ce n'est probablement pas le film de l'année, mais c'est sûrement un spectacle de détente. Il entre dans le cinéma.

12

Presque chaque soir, Lilian poursuit la lecture de ce qu'il appelle *son feuilleton*, à savoir les journaux de 1981 trouvés dans le grenier. Comme de coutume, une actualité chasse l'autre et, depuis qu'un suspect a été emprisonné dans l'affaire de la disparue de Saint-Maur-des-Fossés, la presse a cessé provisoirement de s'y intéresser. C'est dorénavant le bouleversement politique lié à l'élection du 10 mai qui polarise l'attention.

Jeudi 21 mai 1981

La passation de pouvoir fait la une de tous les quotidiens.
Libération titre : « Le jour de gauche est arrivé » ; *le Figaro* se contente de : « François Mitterrand entre à l'Élysée » ; *l'Humanité* lance : « Que le changement commence ! » ; quant au *Monde* il proclame : « La gauche entre dans l'histoire de la Vè République ».
En page 5 du *Parisien libéré*, toutefois, à la rubrique « faits divers », quelques lignes signalent que le jeune Mathieu G., principal accusé dans l'affaire de la disparition de la Mélanie Lambert, sera interrogé au

début de la semaine prochaine par le juge d'instruction en charge du dossier.

13

Mardi 26 mai 1981

Le fourgon cellulaire quitte la prison de Fresnes un peu avant neuf heures pour se rendre au palais de justice de Créteil où Mathieu Gobert est attendu par le juge d'instruction, celui-là même qui, il y a dix jours, lui a signifié sa mise en examen et son placement en détention.

Le garçon était si las, après ses deux jours de garde à vue ponctués d'interrogatoires, qu'il n'en garde qu'un souvenir flou. Il se souvient vaguement d'une immense pièce moquettée, très claire, garnie de meubles modernes couleur acajou. Il revoit une jeune femme (la greffière) penchée sur sa machine à écrire. Il ne saurait la dépeindre avec précision. Le juge lui avait semblé ferme, mais non agressif, ce qui contrastait avec l'attitude de certains policiers, cet abruti de Lenglet en particulier.

Le fourgon s'engage sur l'A86.

Comme tous les jours à cette heure, la circulation est dense, mais relativement fluide. Enfermé dans une cellule, sorte de placard aveugle, le garçon ne peut strictement rien voir de ce qui se passe à l'extérieur. Brinquebalé au gré des coups de frein et des accélérations, déporté dans les virages ou à l'occasion des changements de file, l'atmosphère est oppressante.

Le véhicule longe sur sa gauche les halles de Rungis puis le centre commercial de Belle-Épine, contourne le cimetière parisien de Thiais, franchit la Seine à Choisy-le-Roi et débouche sur le carrefour Pompadour pour emprunter la RN 186 direction Créteil centre et atteindre enfin sa destination.

Mathieu s'attend à être amené directement dans le bureau du magistrat instructeur, mais il n'en est rien. Menotté dès sa descente du car, il est conduit dans une cellule au sous-sol du palais, ce qui ne va pas sans ranimer quelques mauvais souvenirs. Il y demeure une heure ou deux. Des voix résonnent dans les couloirs. Des serrures claquent. Il ferme les yeux. Il aimerait s'endormir histoire de tuer le temps, mais le banc de pierre est si inconfortable qu'il n'y parvient pas.

La porte s'ouvre enfin, c'est presque une délivrance. Le gardien laisse pénétrer son avocate, maître Annick Ledun. C'est la deuxième fois qu'ils se rencontrent. Commise d'office après son inculpation, elle est venue le voir, il y a quelques jours, à Fresnes afin de faire un premier point sur son dossier.

Sa visite ce matin a pour but de rassurer son client. Elle lui explique comment les choses vont se passer tout à l'heure.

— Ne vous étonnez pas si j'interviens peu. Je ne suis pas présente aujourd'hui pour plaider. Si j'ai une remarque à formuler je le ferai, mais ça n'ira pas plus loin. Le juge va vous interroger, répondez simplement à ses questions. Ne vous énervez pas ce serait parfaitement inutile et contre-productif. Notre meilleure arme est la patience.

Elle parle d'une voix douce et Mathieu commence à lui faire confiance. A-t-il seulement le choix ?

— J'ai vu votre maman. Elle a obtenu une autorisation de parloir. Elle envisage de venir vous voir mercredi de la semaine prochaine.

Mathieu ne réagit pas à cette nouvelle. Est-il content ? Cela lui est-il indifférent ? Son visage ne trahit rien de ses sentiments. Il est ainsi : il tend à se renfermer de plus en plus depuis son incarcération.

La conversation dure plusieurs minutes. La jeune femme s'efforce de se montrer rassurante sans parvenir pour autant à détendre son jeune client.

— Je vais aller voir ce qui se passe, dit-elle pour justifier son départ. Je pense qu'on ne tardera pas à venir vous chercher. Nous nous retrouverons là-haut, dans le bureau du juge. Ne soyez pas trop inquiet, je suis là pour vous aider.

Elle se lève et frappe à la porte métallique. Un gardien vient ouvrir. En sortant, elle adresse au garçon un signe qui signifie : « courage, ça va aller ».

Vers onze heures dix, Mathieu est amené chez le juge Lorentz, en charge du dossier d'instruction. Son avocate est présente. Curieusement, bien que spacieux, le bureau du magistrat lui paraît moins démesuré qu'il y a dix jours.

L'homme, qui va maintenant diriger l'enquête, n'est pas très âgé. Il a, au plus, trente-cinq ans. Mince et pas très grand, il est vêtu d'un costume bleu marine et porte chemise et cravate. Un mince collier de barbe, impeccablement taillée, encadre son visage. Des lunettes à monture d'écaille fine lui procurent un air non pas austère, mais assurément sérieux.

La greffière, cheveux courts, visage neutre, demeure parfaitement impassible. Tout au long de l'interrogatoire, elle ne dira pas un mot, uniquement concentré sur la machine à écrire où elle tape le procès-verbal que lui dicte son chef de service. S'il l'enjoint de consigner tel détail, c'est tout juste si elle acquiesce d'un léger signe de tête. Une véritable mécanique.

Les questions posées concernent l'après-midi du 28 avril, jour de la disparition de Mélanie. Mathieu est dorénavant beaucoup moins affirmatif que face aux policiers. Il lui a bien fallu se rendre à l'évidence : il n'a pas pu aller voir le film *le tueur de la forêt* puisque celui-ci n'a été diffusé qu'à partir du lendemain.

— Je dois confondre, concède-t-il. Ce qui est certain c'est que je suis allé au cinéma. J'y vais souvent. J'ai pu mélanger. Mais je vous assure que j'ai bien vu *le tueur de la forêt*.

— Je ne le mets pas en doute, précise Lorentz, sourire en coin.

— Si vous permettez, Monsieur le juge, intervient l'avocate, j'aimerais dire un mot à ce sujet.

— Nous n'en sommes pas encore aux plaidoiries, Maître.

— Il s'agit d'une simple observation.

— Je vous écoute.

— Mélanie Lambert a disparu après avoir quitté le lycée, autrement dit après dix-sept heures trente. Même si l'on suppose que mon client ait un rapport avec ce fait, en quoi son occupation de l'après-midi aurait-elle une importance ? Il s'est trompé sur le titre du film qu'il est allé voir ce jour-là, ça ne prouve strictement rien.

Le juge marque un temps puis se tourne vers la greffière :

— Notez.

L'interrogatoire continue, visant à apporter quelques précisions. Il est sur le point de s'achever lorsque l'avocate demande à faire part d'un élément nouveau.

— Je vous en prie.

— Madame Gobert, la maman de Mathieu, m'a indiqué s'être trompée dans sa déclaration à la police à propos de son emploi du temps du 28 avril.

— Mon OPJ[3] m'a informé de ce changement dans ses déclarations. Il l'a convoquée et me transmettra les éléments nouveaux s'il y a lieu.

L'entretien s'achève. Les différents participants (magistrat, greffière, mis en examen, avocate) signent, chacun leur tour, le procès-verbal. L'audience n'a pas duré plus d'une demi-heure. Mathieu est reconduit à la maison d'arrêt de Fresnes.

---

3 Officier de Police Judiciaire

14

Mercredi 3 juin 1981

Pour la première fois depuis son incarcération Viviane Gobert rend visite à son fils à la maison d'arrêt de Fresnes. En raison des différents contrôles, on est prié de se présenter quarante-cinq minutes à l'avance, mais elle a si peur d'être en retard qu'elle s'est donné une marge supplémentaire d'une demi-heure. Sa collègue, Claudine, a accepté de l'accompagner. Bien sûr, elle ne sera pas autorisée à pénétrer dans l'établissement et devra attendre à l'extérieur, mais sa présence est un soulagement. Elle aide Viviane à mieux dominer son appréhension.
La salle d'attente est un lieu étonnant. Quiconque n'est pas informé ne penserait pas être dans l'antichambre d'une prison. Il y a des bancs placés le long des murs. Dans un coin, un distributeur de boissons chaudes et un autre de boissons fraîches. Assise devant une petite table qui fait office de bureau, une représentante de l'association ADFA[4] se tient à la disposition des nouveaux venus afin de répondre à leurs questions, de les rassurer si nécessaire, de les aider éventuellement. Une once d'humanité, si infime soit-elle, n'est pas négligeable en

---
4 Accueil Des FAmilles

pareil lieu.

Viviane s'étonne de la décontraction, de l'apparente insouciance de bien des personnes présentes, elle qui se sent tellement oppressée.

Il y a certes quelques hommes, mais les femmes sont en majorité. Il y a aussi des enfants. Plusieurs visiteurs (visiteuses plutôt) trimballent un sac boudin qu'on devine être un ballot de linge. Les plus anxieux - elle en fait partie - demeurent silencieux dans leur coin, tandis que d'autres, qui doivent se connaître pour se rencontrer régulièrement, discutent ou même plaisantent. Peut-on s'habituer à tel rite de vie ? Devra-t-elle s'y habituer ? Saura-t-elle s'y habituer ?

Lorsqu'un gardien annonce qu'il est l'heure, le troupeau se met en marche. Viviane suit le mouvement. Laissez-passer et cartes d'identité sont minutieusement vérifiés. Les objets métalliques (montres, clés, porte-monnaie…) sont déposés dans des coffres muraux dont on récupère la clé après les avoir fermés, puis chacun passe à son tour sous le portique détecteur de métaux.

Cette formalité accomplie, le groupe entier pénètre dans un sas de sécurité dont un gardien ferme la porte à double tour avant d'aller ouvrir celle qui lui est opposée.

On progresse dans un long couloir avec tout un alignement de portes. Les gardiens les ouvrent l'une après l'autre, appellent la (ou les) personnes concernées, puis bouclent la serrure après que celles-ci sont entrées.

Viviane, angoisse plus que jamais. Elle est maintenant seule dans le minuscule parloir, attendant l'arrivée de son fils. Est-ce bien vrai qu'elle va le voir ? Elle a presque l'impression que c'est elle qui est détenue. Elle perçoit un bourdonnement constant, des portes qui claquent, des éclats de voix. Elle a envie de pleurer, mais non, il ne faut pas. Elle doit tenir le choc, ne pas s'effondrer en présence de son fils.

Plusieurs minutes s'écoulent qui lui semblent interminables. Enfin, la porte, située de l'autre côté du muret qui coupe la pièce en deux, s'ouvre et Mathieu paraît.

Moment incertain où chacun éprouve un mélange de joie (la joie de se revoir) et de malaise en raison de la situation.

Échanges de banalités entrecoupés de longs silences. L'atmosphère, excessivement pesante au début, se détend progressivement. Mathieu n'a pas trop envie de décrire le quotidien de sa détention et sa mère sent tout de suite sa réserve. Elle évite de le questionner à ce sujet. À quoi bon s'appesantir sur ce qui fait le plus mal ?

— Tu avais raison, déclare-t-elle soudain. C'est moi qui me suis trompée dans ma déclaration à la police.

— Quelle déclaration ?

— Le jour de la disparition de ta copine du lycée…

— C'était pas ma copine !

— Je veux dire la fille qu'on recherche. Tu la connaissais. Ce jour-là, normalement, j'aurais dû être d'astreinte et rentrer à la maison vers sept heures moins le quart, mais j'ai échangé mon service avec Claudine. Je ne m'en souvenais plus. C'est elle qui me l'a rappelé. Elle était normalement d'astreinte le lendemain, mais, comme elle avait rendez-vous avec son gynécologue à dix-huit heures, elle m'a demandé si on pouvait permuter. Ça ne me dérangeait pas alors on a échangé nos services. J'en ai parlé à ton avocate qui pense que c'est important et qu'il faut le dire à la police. Je l'ai fait. Au début, ils ne voulaient pas trop me croire. Ils ont même téléphoné au gynéco de Claudine pour vérifier. Il a confirmé le rendez-vous.

— Tu crois que ça change quelque chose ?

— Maître Ledun dit que oui, que ça démonte le raisonnement des flics et qu'elle a bien l'intention de s'en servir.

— C'est pas pour ça qu'ils vont me relâcher !

— Maître Ledun dit qu'elle veut y croire. Elle est convaincue de ton innocence et croit que le juge d'instruction commence à se poser des questions. Elle ne veut pas te donner de fausse joie, mais elle espère bien finir par le convaincre. Selon elle, ça demandera un peu de temps, mais c'est possible.

— Tu penses. Les flics c'est tous des pourris. S'ils me relâchent ça voudra dire qu'ils se sont plantés et comme ils n'ont pas envie de passer pour des cons...

— Elle dit que ça ne dépend plus des flics, mais du juge d'instruction, qu'elle le connaît, qu'il est sérieux et qu'il fera son boulot consciencieusement.

— Pourquoi il le fait pas « consciencieusement » tout de suite son boulot ?

— Je ne sais pas, mais tu dois garder confiance et espoir.

Trois quarts d'heure passent vite. Déjà, un gardien ouvre la porte côté visiteurs.

— C'est terminé messieurs-dames.

Viviane se lève d'un bond. Il en est toujours ainsi de ceux qui viennent pour la première fois : ils obéissent au doigt et à l'œil. Avec l'habitude, ils prennent leur temps avant d'obtempérer, ne serait-ce que par principe.

Elle embrasse furtivement son fils par-dessus le muret. Ils n'ont ni l'un ni l'autre envie de s'épancher devant un étranger. Avec ses congénères, elle fait le trajet inverse à celui de tout à l'heure, selon le rite bien établi, récupère ses affaires dans le coffre mural, retraverse la salle d'accueil et sort.

Claudine l'attend sur le trottoir.

— Ça s'est bien passé, demande-t-elle ?

— Ça va.

Elle n'en dit pas plus. Sans dire un mot, elles regagnent la voiture. Viviane s'installe côté passager, boucle sa ceinture, puis s'effondre en pleurs.

15

Jeudi 6 avril 2006

Lilian a joint Alison grâce à « skype » vers une heure trente du matin. À New York il était dix-neuf heures trente.

La liaison n'était pas mauvaise et, même si l'image, sur l'écran de l'ordinateur, se figeait de temps en temps, ils ont conversé plus d'une heure.

Alison a semblé toute guillerette.

— Nous avons parlé de toi ce matin à la conférence de rédaction avec Walter, dit-elle.

Walter, c'est Walter Crawford, le rédacteur en chef du service politique du *New York daily news*. Il n'a pas encore quarante ans, mais a accédé à ce poste de responsabilité grâce à son audace et une solide expérience journalistique acquise comme correspondant sur de nombreux terrains de guerre, dans des conditions difficiles et risquées.

Ses premières armes de grand reporter il les a faites en Bosnie-Herzégovine, après l'éclatement de la Yougoslavie. Il y suivait les opérations de maintien de la paix par les forces de l'ONU et de l'OTAN.

Il fut ensuite envoyé au Kosovo où il mena des enquêtes sur les massacres perpétrés par les Serbes sous l'impulsion de Slobodan Milošević.

Après l'attentat du World Trade Center par des membres du réseau djihadiste Al-Qaïda, le 11 septembre 2001, le gouvernement américain acquit très vite la certitude qu'Oussama Ben Laden, à défaut d'en être l'organisateur, avait financé l'opération et s'était réfugié en Afghanistan où il serait particulièrement difficile de le débusquer. Crawford se porta immédiatement volontaire pour aller y suivre la traque des talibans. Peu de temps après son arrivée dans la province de Kaboul, il échappa de justesse à une tentative d'enlèvement, mais l'incident ne le démotiva pas et il persista, réalisant d'excellents reportages qui accrurent sa notoriété.

Il couvrit ensuite la guerre en Irak jusqu'à l'arrestation de Saddam Hussein dans la nuit du 13 au 14 décembre 2003.

C'est après sa mission à Haïti, en 2004, où le coup d'État du 29 février aboutit à la chute et à l'exil du président Jean-Bertrand Aristide (qui avait été élu « démocratiquement » en décembre 2000 en obtenant 93 % des voix, mais avec une participation de 5 % des électeurs !) que Walter Crawford se vit proposer le poste très convoité de rédacteur en chef du *New York daily news*.

L'ancien baroudeur se reconvertit alors en meneur d'une rédaction qu'il voulait dynamique, originale, résolument moderne et toujours à la pointe de l'actualité.

D'un naturel décontracté, du genre « blague à froid », l'homme sait mettre à l'aise son entourage ce qui explique le bon fonctionnement de son service. Lilian se souvient qu'il l'avait accueilli en lui lançant un :

— Salut frenchy ! On est venu espionner l'Amérique ? Moi c'est Walter. Alors tu m'appelleras

Walter. Et toi c'est ?

— Lilian.

— Alors on t'appellera Lilian.

Très vite, le jeune homme avait compris que la hiérarchie n'était pas la préoccupation première du « boss » qui ne cherchait qu'à s'entourer de véritables collaborateurs avec lesquels il puisse œuvrer en toute confiance. N'étant que stagiaire, encore peu aguerri, il sollicitait parfois des conseils et s'entendait inévitablement répondre :

— T'es un pro, gars. Tu te débrouilles. C'est en faisant des conneries qu'on apprend.

Il ajoutait aussitôt :

— N'en fait pas trop tout de même.

Cette apparente désinvolture n'empêchait nullement Crawford d'examiner très sérieusement les papiers de ses collaborateurs et de donner des avis précieux pour les améliorer, mais sans s'ériger pour autant en censeur et toujours dans la bonne humeur. Il maniait plus aisément la carotte que le bâton et se montrait très pédagogue. Cette ambiance de travail avait beaucoup aidé Lilian à prendre de l'assurance et, par voie de conséquence, à gagner en efficacité.

— On parle de moi en conférence de rédaction, demanda-t-il à Alison ? Vous n'avez pas l'intention de faire un reportage sur le « frenchy » par hasard ?

— Pourquoi pas ? répondit-elle, enjouée. Walter t'apprécie beaucoup, tu sais. Au moins deux fois par semaine, il me demande : « Il revient bientôt ton frenchy ? Si ça continue il va falloir que je t'envoie le chercher là-bas ? »

Elle hésita un peu puis glissa, sur le ton de la confidence :

— Je ne sais pas si je devrais te le dire, mais il envisage sérieusement de te proposer un contrat à la fin de ton stage. Encore faudrait-il que tu le termines.

— Ça va venir. La situation se clarifie. J'entrevois le bout du tunnel.

— Veux-tu que je vienne au-devant de toi avec une lampe de secours pour t'aider à en sortir ?

— Ce serait une bonne idée.

— C'est bon, j'arrive, lança-t-elle dans un éclat de rire.

Ils échangèrent longuement, parlant de tout et de rien. Lilian n'en revenait pas de la voir et l'entendre si badine. Rarement, ces derniers jours, elle ne s'était montrée à ce point détendue, tonique, presque euphorique. Il ne se posa pas de question pour autant. Qu'elle était séduisante en se comportant ainsi. Sa joie était si communicative qu'il en oubliait ses soucis.

La conversation prit fin vers deux heures du matin (heure française). Lilian alla se coucher, mais cet échange l'avait à ce point ragaillardi qu'il peina à trouver le sommeil.

Pour tenter de s'endormir, il se remémora les articles lus à propos du lycéen soupçonné et placé en détention dans l'affaire de la disparition de Mélanie Lambert.

Une réflexion l'avait particulièrement frappé. Elle concernait les « flics » que le garçon qualifiait de « pourris » et qu'il soupçonnait de ne pas vouloir le relâcher, même s'ils étaient convaincus de son innocence, de peur que cela nuise à leur réputation. Pas sûr qu'il n'y ait pas une part de réalisme dans cette suspicion.

Il se souvint des nombreuses discussions qu'ils avaient eues à l'ESJ, à propos de l'affaire d'Outreau et plus particulièrement du premier procès tenu devant la cour d'assises de Saint-Omer.

Parmi les dix-sept accusés, treize affirmaient être

parfaitement étrangers à l'histoire tandis que quatre reconnaissaient les faits. Les débats prirent un tour inattendu le 18 mai 2004, onzième jour du procès, en soirée. Myriam Badaoui – la mère incestueuse – avoua spontanément ses mensonges, disculpant d'un coup tous ceux qu'elle reconnaissait avoir dénoncés à tort. Un vent de panique souffla sur les magistrats. Ceux en charge de l'affaire bien sûr, mais pas uniquement. Ce coup de théâtre laissait subodorer un scandale qui ne tarderait pas à être qualifié de plus grand fiasco judiciaire de ce début du XXIe siècle.

Ne parlons pas du juge Burgaud dont la presse fit ses choux gras - ce qu'il méritait bien - mais qui n'écopa au bout du compte que d'une réprimande (la plus faible sanction qui puisse être infligée) bien qu'en raison de son incompétence, mais aussi poussé par l'ambition, il ait détruit treize vies et provoqué un suicide. Le procureur de Boulogne-sur-Mer, Gérald Lesigne, avait eu sa part aussi dans le malheur de ces personnes accusées injustement. Et puis, et puis... C'était toute l'institution judiciaire qui risquait d'être ébranlée par les aveux de Myriam Badaoui (décidément, on ne peut faire confiance à personne, pas même aux mythomanes !).

Il convenait de sauver les meubles. Les magistrats s'y appliquèrent. Pas question de céder aux pressions des journalistes. (Je t'en foutrais du quatrième pouvoir !) Sur treize accusés hurlant leur innocence, sept furent acquittés, mais les six autres furent condamnés à diverses peines d'emprisonnement.

Pour la juridiction de Saint-Omer, l'honneur était sauf : la justice reconnaissait s'être trompée, mais « un peu » seulement !

Les malheureux condamnés, dont certains durent

retourner en prison en attendant un nouveau procès devant la cour d'appel de Paris, furent contraints d'attendre encore plus d'un an avant d'être définitivement blanchis en novembre 2005.

On leur présenta naturellement des excuses (ça fait toujours plaisir et ça ne coûte pas bien cher) encore que certains estimèrent que c'était déjà trop. Le procureur général de Paris, Yves Bot, vint dans la salle d'audience à la fin de la dernière journée pour présenter, « au nom de la justice », ses excuses aux accusés, cela avant même que soit rendu le verdict. Plusieurs magistrats ne manquèrent pas, ultérieurement, de lui reprocher sa démarche. (« Mauvais camarade ! »). Bien sûr les juges se trompent. Bien sûr les erreurs judiciaires existent. Est-ce une raison pour le clamer sur les toits ? Plus encore quand on est du sérail ? Étonnez-vous qu'après les Français n'aient plus confiance en leur justice... !

Lilian se souvient des discussions passionnées, entre futurs journalistes, que suscitait l'étude de cas analogues. La presse était-elle susceptible d'infléchir la conduite du pouvoir judiciaire ? En avait-elle le droit ? Était-ce son rôle ? Ces questions avaient été moult fois débattues.

Le citoyen pris - à tort - dans les filets de la vénérable et indispensable institution, a-t-il de réelles chances de s'en tirer et de parvenir à faire triompher la vérité et l'équité ? Dans cette lutte du pot de terre contre le pot de fer, le chroniqueur, en alertant l'opinion publique, joue certes un rôle non négligeable, mais encore faut-il que lui-même ne soit pas induit en erreur !

Si Mathieu Gobert est coupable, il doit naturellement expier son forfait. Mais s'il est innocent ?

Peu d'éléments, au stade où en était l'enquête en mai 1981, rendaient évidente sa culpabilité. Aucune trace de la victime. Pas d'aveux du suspect pourtant abondamment « cuisiné » par la police. Un mobile supposé, bien faible : une dispute d'adolescents. À vrai dire, aucun élément concret susceptible d'établir solidement la culpabilité du garçon. À se demander si l'accusation, dont il faisait l'objet, n'était pas seulement basée sur l'absence de coupable et la nécessité d'en exhiber un.

La plupart du temps, avait expliqué un jour un chroniqueur, habitué des palais de justice, venu faire une conférence à ses futurs collègues, *l'erreur judiciaire naît d'un mauvais départ d'enquête. S'ensuit un engrenage dont il est difficile de s'extirper. À la base, l'éternel problème de l'instruction à charge et à décharge. Le principe est posé, mais son respect est loin d'être la pratique habituelle. Chacun sait qu'on instruit rarement à décharge parce qu'on veut à tout prix trouver un coupable.*

Imaginez le policier qui a pour mission de démasquer le délinquant. En théorie, il ne doit pas orienter son enquête en fonction de ses convictions. Il ne doit d'ailleurs pas avoir de conviction a priori. Seulement, il est humain. Il a ses faiblesses comme tout un chacun. Aussi n'est-il pas rare qu'il soit victime de ce que l'on appelle l'effet Rosenthal, que l'on peut formuler ainsi : « *Tout enquêteur, tout chercheur, qui part d'une hypothèse ou a fortiori d'une certitude, a toutes les chances d'aboutir au résultat escompté : la confirmation de son hypothèse.* »

Ce policier, dont on ne doute nullement de la bonne foi, est persuadé d'avoir face à lui le coupable qu'il recherche et son seul souci est de prouver la justesse de ses soupçons. À défaut de preuves matérielles, il dispose de vingt-quatre heures pour recueillir des aveux. S'il n'y parvient pas, il se tourne vers le procureur de la République afin de solliciter une prolongation pour mener à bien ses investigations.

— *Je suis certain, assure-t-il, qu'il est coupable. Certes, il est rétif, mais donnez-moi ce temps supplémentaire et je tirerai l'affaire au clair.*

Le procureur ne peut qu'aller dans son sens. Il ne va pas prendre le risque de laisser échapper un éventuel coupable.

Nouvelle série d'interrogatoires et, supposons, toujours pas d'aveu ni de preuves matérielles. Difficile d'avouer au procureur : « Je me suis totalement fourvoyé. En fait, cet homme doit être innocent. Je me suis planté de A à Z ».

Il demeure d'ailleurs convaincu que son intuition est la bonne.

Il rédige donc son rapport de synthèse dans lequel il explique que, tous les éléments rassemblés inclinent à conclure à la culpabilité du gardé à vue, même si celui-ci refuse d'avouer.

Le procureur fait confiance à son enquêteur et défère le prévenu à un juge d'instruction qui, n'ayant pas encore une véritable connaissance du dossier, s'appuie sur le travail des policiers et sur la demande de son confrère de la magistrature debout pour décider de la mise en examen.

Ainsi, toute la hiérarchie a été contaminée sans que puisse être mise en doute la bonne foi des uns et des autres. Le problème est qu'il sera très difficile ensuite d'inverser la vapeur.

Le doute s'introduit progressivement dans la tête de Lilian, mais ne laisse-t-il pas trop vagabonder son imagination ? Qu'est-il advenu de Mathieu Gobert ? A-t-il été condamné ? À quelle peine ? Et Mélanie Lambert ? A-t-on découvert finalement ce qui lui est arrivé ? L'a-t-on seulement retrouvée ?

Nombre d'images se mêlent dans son esprit, se superposant comme dans un diaporama avec des fondus enchaînés, jusqu'à ce qu'il sombre dans le sommeil.

16

Mercredi 24 juin 1981

En page 3 de France-soir, un court article signé B. J. revient sur la disparition de Mélanie Lambert. Certains témoins, préalablement interrogés dans le cadre des recherches policières initiales, auraient été entendus de nouveau, mais cette fois par le juge d'instruction en personne et, si rien n'a encore filtré de ces auditions, on murmure dans l'entourage du magistrat que de nouvelles pistes susceptibles de réorienter l'enquête sont explorées. Le journaliste évoque aussi une vraisemblable convocation des parents de Mélanie dans les jours prochains. S'agit-il de les interroger une fois de plus ou bien de dresser avec eux un bilan sur l'évolution de l'enquête ? L'auteur de l'article reconnaît manquer d'information sur ce point. Il a bien tenté de questionner les parents Lambert, mais ils refusent de s'exprimer. Leur avocat, Maître Demler, affirme ne rien savoir des intentions du magistrat instructeur et se contente de confirmer la convocation de ses clients en début de semaine prochaine.

17

Lundi 29 juin 1981

Éliane et Jean-Louis Lambert répondent à une convocation du juge Lorentz.

Dès leur arrivée au palais de justice de Créteil, celui-ci leur fait part de son désir de les entendre séparément.

Il reçoit d'abord Éliane pour un entretien qui dure un peu plus d'une heure.

Lorentz est un homme calme, posé, qui ne laisse rien paraître de son ressenti. À ses questions, il attend des réponses précises. Particulièrement méthodique, il va au fond des choses, mais son visage demeure, en toute circonstance, impassible. Il ne laisse à aucun moment transparaître le fond de sa pensée. Croit-il ce qu'on lui raconte, a-t-il des doutes ? Bien malin qui pourrait le dire.

Ses premières questions concernent Mélanie.

Quelle jeune fille est-elle ? Qu'en est-il de la relation mère-fille ? Il semble aussi beaucoup s'intéresser à la relation père-fille.

Il questionne la femme sur leur mode de vie familiale. Elle explique que Jean-Louis est peu présent, mais justifie cette carence par le fait qu'il est très absorbé par ses affaires.

— Lui arrive-t-il fréquemment de rentrer à des heures tardives comme ce fut le cas le soir de la disparition de Mélanie ?

— Plusieurs fois par semaine. Cela se produisait d'autant plus, ces derniers temps, que la perspective d'un contrôle fiscal décuplait ses soucis.

— Constatant que votre fille ne rentrait pas, le soir du 28 avril, vous avez tenté de l'appeler, mais il n'a pas répondu. C'est bien cela ? Vous n'avez pas été surprise ?

— Passé l'heure de fermeture de l'agence, il ne décroche plus le téléphone. Ce doit être le cas, je suppose, dans la plupart des entreprises.

— Lui avez-vous laissé un message ?

— Bien sûr.

— Je suppose que vous lui demandiez de vous rappeler. L'a-t-il fait ?

— Encore aurait-il fallu qu'il en ait pris connaissance.

— En somme, si vous lui téléphoniez après la fermeture de l'agence, même à vous il ne répondait pas.

— J'avais peu de raisons de l'appeler. Je savais qu'il rentrerait tard, c'était habituel.

— Parlons de Mélanie. Quelles étaient ses fréquentations ?

— Essentiellement ses camarades du lycée. Sa meilleure amie s'appelle Violaine Pécourt. Elles se connaissent depuis qu'elles sont toutes petites. Elles étaient ensemble à l'école maternelle et ne se sont pratiquement jamais quittées depuis. Elles n'ont été séparées qu'au collège, mais ça n'a pas eu de conséquence sur leur relation. Elles se sont de nouveau retrouvées dans la même classe au lycée. Mélanie avait aussi des camarades à *Stella-sports,* le club de natation qu'elle a fréquenté jusqu'en classe de troisième. Elle a abandonné en entrant au lycée. Les entraînements lui prenaient trop de temps et elle craignait de ne pas parvenir à tout mener de front.

— Avait-elle un petit copain ?

— Pas à ma connaissance.

— C'est un non affirmatif ?

— Sait-on jamais ? J'en doute cependant. Nous étions très proches et Mélanie n'était pas avare de confidences. Je pense que si elle avait eu un flirt elle m'en aurait parlé.

— Excluez-vous cette éventualité ?

— L'exclure serait présomptueux. Disons que je n'y crois guère. Je connais bien ma fille et je pense pouvoir prétendre que non sans grand risque de me tromper.

Lorentz hésite brièvement. Doit-il révéler ce qu'il sait ? Rien ne presse à vrai dire. Il choisit de changer de sujet.

— Connaissez-vous Madame Prigent ?

— L'adjointe de mon mari ? Bien sûr.

— Quelles sont ses responsabilités au sein de l'agence immobilière ?

— Elle remplace Jean-Louis lorsqu'il est absent. Il lui fait entièrement confiance.

— Possède-t-elle des clés de l'agence par exemple ?

— Naturellement. Je sais qu'il lui arrive de rester travailler à des heures tardives ou même de venir pendant le week-end.

— Connaissez-vous aussi Madame Renson ?

— Je connais tous les employés de mon mari. Je les rencontre chaque fois que je passe à l'agence pour une raison ou une autre, ou encore à l'occasion de « pots » auxquels je suis conviée quelquefois. Nous sommes invités chez certains. Nous les recevons aussi. Pas tous naturellement : c'est affaire d'affinités.

— Madame Renson fait-elle partie de ceux-là ? Je veux dire des gens que vous fréquentez en dehors du domaine professionnel de votre mari ?

— C'est une secrétaire qu'il apprécie, je crois, mais nous ne l'avons jamais reçue à la maison.

— Que savez-vous d'elle ?

— À vrai dire, pas grand-chose. Mon mari en parle généralement en bien, mais vous savez, ce qui concerne son travail ne constitue pas l'essentiel de nos conversations.

— Pardonnez si ma question vous paraît incongrue, mais j'ai besoin, pour mieux appréhender la situation, de bien connaître les protagonistes de l'histoire. Quel couple formez-vous avec votre mari ?

Éliane écarquille les yeux :

— Un couple comme beaucoup d'autres, je pense. Tout ce qu'il y a de plus normal si tant est qu'on puisse parler de normalité en ce domaine. Nous ne sommes pas forcément d'accord sur tout, il peut nous arriver de nous disputer, mais n'est-ce pas le lot de tous les ménages ? Je crois pouvoir dire que nous vivons en harmonie.

— À quand remonte votre mariage ?

— Nous sommes mariés depuis dix-huit ans.

— C'est une durée non négligeable. Il arrive qu'après quelques années se manifeste, comment dire ? ... un phénomène d'usure.

— Ce n'est pas notre cas. Je ne dirai pas que nous avons gardé la même fougue qu'au temps de notre jeunesse, mais nous demeurons un couple très uni si c'est ce que vous voulez savoir.

Elle s'agace soudain, le dépit se mêlant à la colère :

— Mais à quoi bon toutes ces questions ? Je suis venue avec l'espoir d'enfin apprendre quelque chose à propos de la disparition de ma fille et voilà que vous me questionnez sur ma vie de couple. Quel rapport ? Réalisez-vous l'angoisse qui est la nôtre chaque jour à mon mari et moi ? Savez-vous ce que c'est que ne plus dormir la nuit, de sursauter chaque fois que le téléphone sonne ? Il n'y a rien de pire que de ne pas savoir. Comprenez que nous attendons autre chose de la justice. Nous attendons qu'elle nous aide, pas qu'elle ajoute à notre supplice.

Elle fond en larmes. Elle ne se contient plus. Elle est au bord de la crise de nerfs.

— Calmez-vous, Madame. Je peux vous certifier que nous faisons tout ce qui est en notre pouvoir pour progresser vers la vérité. Rien n'est simple dans cette affaire. Nous avions très peu d'éléments au départ. Sans certitude, je ne peux rien dire, mais croyez-moi l'enquête évolue et nous ferons tout pour la mener à son terme.

— Le temps passe. Comment voulez-vous que nous ne perdions pas confiance ? Qu'est devenue Mélanie ? Où est-elle ? A-t-elle été enlevée ? Et pourquoi ? Est-elle seulement encore en vie ?

— Je n'ai malheureusement pas de réponse à l'heure qu'il est, mais je vous répète que nous mettons tout en œuvre pour en obtenir. Comme vous le savez, nous avons envisagé, un temps, qu'elle ait pu se noyer ou être noyée dans la Marne. Des plongeurs ont effectué des recherches pendant plus d'une semaine entre la passerelle de la Pie et le pont de Maisons-Alfort c'est-à-dire sur trois kilomètres. Convenez que nous ne lésinons pas sur les moyens. Cela n'a pas donné de résultat et je dirai presque : tant mieux. Nous avons entrepris d'autres investigations. Je comprends que cela vous paraisse long. Faites-nous confiance nous n'abandonnerons pas. J'ai la conviction que nos efforts finiront par payer.

— Alors je vous en supplie, faites vite parce que nous ne pourrons pas tenir indéfiniment. Si vous savez quelque chose, dites-le. Ne nous maintenez pas dans cette incertitude, c'est insupportable.

Lorentz est conscient que son interlocutrice est à bout. Cette femme est détruite, pense-t-il. Il sent que toute discussion, actuellement, est vaine. Aussi décide-t-il de clore l'entretien. Il dicte à sa greffière les formules habituelles de conclusion du procès-verbal, soumet le document à Éliane qui le signe sans même prendre la peine de le relire. À quoi bon ? Elle a la tête ailleurs.

— J'en ai terminé avec vous pour aujourd'hui, déclare-t-il. Je vais maintenant recevoir votre mari. Cela risque de prendre un peu de temps, aussi je vous suggère de rentrer chez vous.

Éliane ne réagit plus. Elle est sonnée. En sortant, elle se dirige vers Jean-Louis tel un automate.

— Qu'est-ce qu'il y a, demande-t-il en la voyant dans cet état ?

— Rien. Toujours rien. J'ai l'impression que nous n'en sortirons jamais. Il paraît que ton entretien peut durer et qu'il est préférable que je rentre à la maison. Donne-moi la clé de la voiture s'il te plaît, je viendrai te chercher quand tu en auras terminé.

— Comme tu veux.

Il sort la clé de sa poche et la lui tend. Au bout du couloir le magistrat l'attend.

— À tout à l'heure, murmure-t-il avant d'aller rejoindre Lorentz.

Leur conversation débute par un échange de banalités. De toute évidence, Lorentz hésite à entrer dans le vif du sujet. Il sonde son interlocuteur, prélude à l'attaque, mais Jean-Louis est impatient.

— Que savez-vous au sujet de Mélanie, demande-t-il tout de go, non sans laisser percevoir un certain agacement ?

— Rien encore, hélas.

— Ma femme avait l'air bouleversée. Qu'est-ce qu'il se passe ?

— Nous allons y venir. Je vous ai convoqué parce qu'il me semble utile d'examiner en détail certains éléments.

Il marque un temps puis se lance :

— Revenons d'abord, si vous le voulez bien, sur la soirée du 28 avril.

— J'ai déjà tout dit à la police à ce sujet.

— Il y a des choses que j'aimerais vous entendre confirmer ou préciser. Un procès-verbal indique que votre agence ferme à dix-neuf heures et que ce 28 avril, à cette heure-là vous vous y trouviez.

— Exact.

— À l'heure de la fermeture, les employés s'en vont ?

— Évidemment.

— Tous ?

— En principe oui. Il arrive que l'un ou l'autre diffère son départ de quelques minutes pour boucler un dossier, mais la plupart du temps, disons qu'à dix-neuf heures cinq il n'y a plus personne.

— Ce fut le cas ce 28 avril ? Disons qu'à partir de dix-neuf heures cinq ou dix-neuf heures dix, tous les employés étant partis, vous demeurez seul à l'agence ?

— Tout à fait.

— L'avez-vous quittée dans la soirée ?

— Non.

— Vous auriez pu, je ne sais pas, éprouver le besoin de manger un morceau et sortir pour acheter un sandwich par exemple ?

— Je saute facilement un repas. Au besoin, je grignote quelque chose en rentrant chez moi.

— Donc, ce soir-là, vous êtes formel, vous n'avez pas quitté l'agence ?

— Absolument.

Lorentz laisse transparaître un certain scepticisme. Attitude feinte ou réelle, on pourrait le croire indécis, mais en réalité il sent que le piège, qu'il a soigneusement préparé, se referme sur sa proie. Si Lambert avait affirmé être sorti pour acheter à manger, il aurait été facile de lui demander où, puis de vérifier l'alibi. Par contre, en maintenant sa version…

Le juge fouille dans les nombreux papiers d'un dossier qui commence à sérieusement s'épaissir. Le long silence qui s'installe a pour but d'augmenter la pression. Il tire deux feuilles agrafées.

— J'ai ici un procès-verbal d'interrogatoire de votre secrétaire Madame Prigent. Elle indique être venue à l'agence vers vingt-et-une heures trente, ce 28 avril, afin de chercher un dossier dont elle avait un besoin urgent. Selon elle, il n'y avait personne à l'agence.

— Elle peut s'être trompée. Je vous certifie que, non seulement je n'ai pas quitté mon bureau ce soir-là, mais que personne, ni Madame Prigent ni qui que ce soit n'est venu dans la soirée.

Lorentz rajuste ses lunettes et lit :

— *En débarrassant la table, chez moi, après le dîner* (c'est madame Prigent qui parle), *je me suis soudain souvenue que j'avais rendez-vous à neuf heures, le lendemain 29 avril, à l'étude de Maître Guigou - notaire à Fontenay-sous-Bois - pour la signature d'une vente d'appartement. Il était indispensable que je vérifie que le dossier était parfait. Je suis donc allée le chercher. Il était environ vingt-et-une heures trente. Sur interrogation, Madame Prigent précise que l'ensemble des dossiers, conclus ou en voie conclusion, sont entreposés dans une armoire métallique située dans le bureau de Monsieur Lambert.* Et elle affirme que vous n'y étiez pas.

— Elle se trompe. Elle a dû confondre avec un autre jour.

— Nous avons vérifié : la vente à laquelle elle fait allusion a bien eu lieu en l'étude de Me Guigou le 29 avril ce qui rend parfaitement cohérente sa déclaration. Quelle explication donnez-vous ?

— Je n'ai pas d'explication quant aux déclarations de Madame Prigent. Voyez cela avec elle. Par contre, j'insiste sur le fait que je n'ai pas quitté mon bureau le soir du 28, si ce n'est pour rentrer chez moi, et que personne n'est venu à l'agence.

— Voyez-vous un détail qui pourrait confirmer cela ?

— Comme j'étais seul à mon bureau, je n'ai évidemment pas de témoin si c'est ce que vous voulez dire. Que voulez-vous que j'ajoute à cela ?

— Passons. Parlons maintenant de votre fille et des relations que vous entreteniez avec elle. Quel père êtes-vous ? Laxiste ? Exigeant ? Comment vous définiriez-vous ?

— Laxiste ? Vous voulez rire. Je déplore qu'aujourd'hui les enfants ne soient plus cadrés. Pour ma part, très absorbé par mes activités professionnelles, je ne lui consacrais certainement pas tout le temps nécessaire, ce que je peux regretter, mais sa mère compensait largement cette défaillance. Nous partageons, elle et moi, les mêmes idées en matière d'éducation. Certains nous jugeront à contre-courant de l'évolution, mais nous gardons des principes stricts et je m'en félicite.

— Je suppose que, comme la plupart des jeunes filles de son âge, la vôtre devait aussi avoir un petit copain ?

— Pas que je sache. Mélanie est une fille très sérieuse. Consciente que son avenir se joue maintenant, elle se consacre intégralement à ses études.

— Être une élève sérieuse ne dispense pas d'avoir un petit ami.

— Vous pouvez le penser, je demeure certain que ce n'était pas son cas. Si ça l'avait été, nous l'aurions su. Nul doute qu'elle en aurait fait la confidence à sa mère. Elles sont très complices.

— Qui sait ?... Supposons, pardonnez mon insistance, que ç'ait été le cas. Comment auriez-vous réagi ?

— Un flirt ? Dans la mesure où il ne nuit pas à son travail scolaire...

— Et si ç'avait été plus qu'un simple flirt ?

— La question ne se pose pas. Je vous répète que Mélanie avait de tout autres préoccupations.

— Imaginons, ce n'est bien sûr qu'une hypothèse et vous allez me dire que votre fille y échappait forcément, mais les parents ne sont pas toujours les mieux informés. Imaginons donc, disais-je, que Mélanie ait eu un petit copain et qu'elle soit tombée enceinte. Je pousse volontairement le raisonnement à l'extrême. Quelle aurait été votre réaction en l'apprenant ?

— Nous sommes en plein délire. Tout cela est parfaitement stupide.

Lorentz laisse volontairement passer un long silence avant de déclarer :

— Stupide ? je ne sais pas. Toujours est-il qu'une de ses camarades prétend que c'était le cas, et que Mélanie lui en avait fait la confidence.

Jean-Louis pâlit, encaisse le coup, mais réagit très vite. On sent la colère monter en lui, une colère qu'il maîtrise difficilement.

— Une de ses camarades ? Laquelle ? C'est complètement idiot. Ces gamins sont capables d'inventer n'importe quoi pour se faire valoir. Qui a dit cela ?

Le juge tire un autre procès-verbal :

— *Mélanie avait totalement changé de comportement depuis quelque temps. Elle ne parlait presque plus, ne riait plus alors qu'habituellement elle était si gaie. Je l'ai plusieurs fois questionnée et elle a fini par m'avouer, en me faisant jurer que je garderais le secret, qu'elle était enceinte.*

— N'importe quoi !

— Je continue. *Question :* « *De qui était-elle enceinte ?* » *Réponse :* « *Elle n'a pas voulu me le dire.* » *Question :* « *Vous n'avez pas une idée ?* » *Réponse :* « *Non. Il y a des choses qu'elle gardait pour elle.* » *Question :* « *Vous étiez de très bonnes amies ?* » *Réponse :* « *Oui, mais ça ne nous empêchait pas d'avoir nos secrets et nous respections ce principe l'une comme l'autre.* » *Question :* « *Comment envisageait-elle l'avenir, compte tenu de cet état de fait ?* » *Réponse :* « *Elle était affolée. Elle craignait essentiellement la réaction de son père. S'il l'apprend, il va me tuer, m'a-t-elle dit. J'ai pensé qu'elle exagérait, mais elle m'a répondu que je ne le connaissais pas, qu'en colère il était capable de tout. Elle était morte de peur.* »

— Qu'est-ce que c'est que ces conneries, s'insurge Jean-Louis ? Et d'abord, qui a dit cela ?

— Nous verrons cela plus tard.

— Comment ? Une gamine fait courir les bruits les plus extravagants sur ma fille et je n'aurais pas le droit de savoir de qui il s'agit ? Je l'apprendrai de toute façon un jour ou l'autre. J'entends me constituer partie civile et donc mon avocat aura accès au dossier. Il faudra bien que vous lui communiquiez les pièces.

— Cela viendra en son temps. Voyez-vous, Monsieur Lambert, je crains que vous n'ayez pas tout dit. Trop d'incohérences dans vos déclarations et également de contradictions avec les témoignages recueillis. Je vais donc vous suggérer de réfléchir. Pour le présent je me vois contraint de vous placer en garde à vue. Vous aurez la possibilité de faire prévenir une personne de votre choix (votre femme, je suppose), éventuellement d'être examiné par un médecin si vous l'estimez nécessaire et aussi de rencontrer un avocat après la vingtième heure. Mon OPJ vous expliquera tout cela.

— C'est une plaisanterie ?

— Je ne crois pas le terme en adéquation avec l'affaire qui nous préoccupe. Monsieur Favier, que vous connaissez, va prendre le relais. Nous nous reverrons ensuite. J'espère que vous nous aiderez à progresser vers la vérité.

Cette fois, Jean-Louis a perdu une grande part de son assurance naturelle. Foule d'interrogations l'assaillent subitement. Le voilà soudain pris au piège. Combien de temps cela peut-il durer ? Comment se tirer de ce mauvais pas ? Il faut que Maître Demler intervienne au plus vite, mais a-t-il la possibilité d'endiguer la situation ? En est-il seulement capable ? A-t-il confié ses intérêts au bon avocat ? Et ses affaires ?

Il faudrait au moins qu'il puisse donner des consignes à Madame Prigent... Dans quelle galère est-il embarqué ?

18

Vendredi 14 avril 2006

Alex a tenu sa promesse et Lilian a rapidement obtenu un rendez-vous avec Jacques Mariton, rédacteur en chef du service police-justice de France2. Cette rencontre l'a d'autant plus satisfait qu'il est resté sur sa faim dans l'affaire de disparition qui le passionne depuis près d'un mois. En effet, la collection des journaux datés de 1981, retrouvée dans le grenier de Limeil-Brévannes, s'arrête au 1er juillet, autrement dit juste après le placement en garde à vue de Jean-Louis Lambert.

— J'ai un vague souvenir de cette histoire, déclare Mariton. Il y a vingt-cinq ans, je n'étais pas encore spécialisé dans la chronique judiciaire, mais je me rappelle en avoir entendu parler. J'avoue ne pas m'être particulièrement passionné pour l'événement à l'époque, car mon attention était essentiellement focalisée sur le bouleversement politique que constituait l'arrivée de la gauche au pouvoir.

Mariton est un petit bonhomme rondouillard qui porte beau la cinquantaine. Il doit mesurer tout juste un mètre soixante-dix et s'est, de toute évidence, étoffé avec l'âge. Sa chevelure poivre et sel lui confère une certaine noblesse. Lorsqu'il paraît à l'antenne, ce qui est de plus en plus rare car il préfère de loin le travail d'enquête et de recherche à l'exposition médiatique, il est toujours tiré à quatre épingles avec veston croisé et cravate. Le reste du temps, il travaille en manches de chemise, col ouvert et pantalon retenu par de larges bretelles en raison d'un ventre de plus en plus proéminent avec l'âge.

Son bureau est un véritable foutoir. Il y a partout des piles de documents, certaines à même le sol. À se demander comment il s'y retrouve.

Il connaît ses dossiers sur le bout des doigts. Rien ne lui échappe. S'il peut lui arriver de ne plus se souvenir de son propre numéro de téléphone, il n'oublie aucun détail des affaires qu'il a étudiées. Il garde en tête des dates précises : une véritable encyclopédie vivante !

— Les méthodes de recherche, dans ce genre d'histoires, sont toujours les mêmes. Speedy Gonzales a dû t'en parler. C'est un travail qu'il commence à bien maîtriser.

Speedy Gonzales est le surnom qu'il a donné à Alex en raison de sa tonicité qui frise l'hyper activité.

— Je ne vois pas d'ouvrages qui auraient été écrits sur l'affaire que tu évoques, mais je ne saurais affirmer qu'il n'en existe pas. Si tel est le cas, il te sera facile de les retrouver. En ce qui concerne les articles de presse, tout est conservé à la BNF[5], mais je ne t'apprends rien. Tant qu'à utiliser la BNF, tu peux aussi y consulter les archives de l'INA[6]. Les journaux télévisés nationaux, mais aussi ceux de FR3 Île-de-France ont dû y consacrer un certain nombre de reportages. Tu as ta carte de presse et même, si tu veux,

---

5 Bibliothèque Nationale de France dite aussi bibliothèque François Mitterrand ou Très Grande Bibliothèque (TGB)
6 Institut National de l'Audiovisuel

je peux te missionner pour des recherches sur ce sujet, ça t'ouvrira les portes et te fera gagner du temps. Tu connais le nom de l'avocat des parents de la fille ? Contacte-le. Il aura sûrement des choses à t'apprendre. Tu vois, c'est comme dans tout, c'est un travail de fourmi, mais on a de plus en plus de moyens à disposition.

La conversation a duré plus de deux heures, sans même que Lilian se rende compte du temps qui passait tant le discours de son mentor était captivant. L'homme se révélait excellent conteur, émaillant ses récits de toutes sortes d'anecdotes tirées de plus de trente ans d'expérience journalistique, et plus spécialement d'affaires judiciaires sur lesquelles il avait travaillé. Nulle usure en raison du temps. Après toutes ces années de journalisme, il gardait la même fougue, la même passion. De toute évidence, il n'avait pas exercé un métier, mais servi une vocation.

— Tiens-moi au courant de tes découvertes, on ne sait jamais, le sujet pourrait m'intéresser.

Quand ils se quittèrent, il était presque treize heures. Lilian rejoignit Alex. Les deux copains s'étaient donné rendez-vous pour déjeuner.

— Allons-y en vitesse, dit Alex, car je n'ai pas beaucoup de temps à te consacrer. C'est un peu speed chez nous ces jours-ci.

— Grosse actualité ?

— Si on veut. On est reparti à fond dans l'*affaire Clearstream*[7]. Un fameux embrouillamini. Même le juge Van Ruymbeke, chargé de l'instruction, semble patauger. Tu as entendu parler de tout ça, je suppose ?

— Comme tout le monde. Quoique j'ai un peu

---

7   Scandale financier mettant en causes diverses personnalités politiques accusées de blanchiment d'argent.

décroché depuis que je suis parti aux US. Ce n'est pas ce qui passionne le plus la presse américaine…

— La vente de frégates à Taiwan, ça devrait les interpeller.

— Je ne sais pas.

Tout en discutant, les deux copains se dirigent vers une brasserie de la rue Vivienne, non loin de la place de la bourse. Le temps d'un repas rapide, ils devisent abondamment. Lilian narre en détail son entrevue avec Mariton. Cette rencontre l'a boosté un peu plus, s'il en était besoin. Il ne cache pas son impatience de découvrir la suite de l'histoire de la disparition de Mélanie. En connaîtra-t-il un jour la fin ? Ici s'introduit une part de suspense.

Comme l'avait annoncé Alex, la rencontre est de courte durée en raison de ses obligations professionnelles, mais ni l'un ni l'autre n'est véritablement frustré. Les circonstances de la vie sont ainsi et, promis juré, ils se reverront dès que possible.

L'après-midi est encore long. Lilian, peu pressé de rentrer chez lui, décide de faire un saut à la « Très Grande Bibliothèque », comme on la surnomma à l'époque de sa construction.

D'un pas alerte, il gagne le RER Châtelet-les Halles pour emprunter la ligne quatorze et descendre à la station « François Mitterrand ».

Ce quartier du treizième arrondissement, proche du pont de Tolbiac, a été passablement rénové dans la dernière partie du vingtième siècle. L'ancienne verrerie, implantée sur les lieux au temps de la Révolution française, a fait place à une construction des plus modernes.

Quatre tours, en forme de livres ouverts, œuvre de l'architecte Dominique Perrault, se dressent majestueusement dans le ciel de Paris dominant la Seine qui coule paisiblement au nord du site. Elles ont été symboliquement dénommées : tour des temps, des lois, des nombres et des lettres. Chacune mesure soixante-dix-neuf mètres de haut. L'esplanade ne couvre pas moins de six mille mètres carrés ? Au centre, en contrebas, un jardin de neuf mille mètres carrés, fermé au public, évoque un cloître médiéval. Il est planté principalement de pins provenant de la forêt de Bord-de-Louviers dans l'Eure.

    Cette première visite a pour but la préparation de ses recherches à venir.

    Les quotidiens n'étant conservés que trois mois, et les périodiques un an, c'est évidemment du côté des microfilms qu'il devra se tourner. L'INA THÈQUE[8], aussi, sera une bonne source d'informations. À l'aide de sa carte de presse et, fort de la « mission » rédigée par Mariton, il obtient sans difficulté les accréditations nécessaires à l'accès aux diverses salles de recherche.

    Ces démarches administratives qui, à certains, auraient paru fastidieuses, l'ont à vrai dire émoustillé. Il va pouvoir, sans restriction, satisfaire sa curiosité. L'heure avance et il constate qu'il est presque dix-sept heures. Il est conscient qu'il ne fera rien de constructif en une heure ou même un peu plus. L'efficacité exige du temps. Aussi juge-t-il plus raisonnable de s'en tenir là pour aujourd'hui et de regagner son domicile, bien décidé à revenir rapidement pour, cette fois, consacrer à l'étude de « l'affaire Mélanie Lambert » la durée nécessaire.

    Dans le pavillon qu'occupait sa mère, les rangements progressent. Les préparatifs de déménagement ont bien avancé en un mois de travail. La salle à manger demeure la pièce à vivre, celle qu'il débarrassera en dernier. Dans le salon, par contre,

---

8 Service de consultation des archives audiovisuelles de l'INA

s'entassent des dizaines de cartons soigneusement empilés sur chacun desquels il a écrit, à l'aide d'un gros feutre noir, le contenu et la destination. Petit à petit, il n'a plus à disposition que le nécessaire, pour ne pas dire l'indispensable du quotidien.

Le soir, il dîne d'une salade enrichie avec du thon en boîte, ou des œufs durs, des lardons, des croûtons de pain grillé, ou encore du maïs, des pommes de terre, du riz... bref, il utilise ce qui lui tombe sous la main en fonction de ses envies du jour. Éventuellement, il fait réchauffer un plat tout prêt. Son but : apaiser sa faim sans que cela lui prenne trop de temps.

Il se demande justement ce qu'il va bien pouvoir se mettre sous la dent ce soir et pour cela procède à l'inventaire du contenu du réfrigérateur lorsque la sonnette du pavillon retentit. Qui peut bien venir à pareille heure ? Nanou ? Non. Même pour l'inviter à dîner elle ne se déplacerait pas, elle téléphonerait. Un démarcheur ? Un voisin ?...

Il se dirige vers la porte d'entrée.

Le jour décline, mais il fait encore clair. Ouvrant la porte, il aperçoit fugitivement un taxi qui démarre, mais surtout... il demeure médusé. Derrière le portail, cette frêle silhouette, ce visage qui lui sourit... Incroyable ! Une fraction de seconde, il se demande s'il ne rêve pas. Mais non, c'est bien elle : Alison. Comment est-ce possible ? Il se précipite pour la serrer dans ses bras.

19

Mardi 18 avril 2006

L'avion pour New York décollera d'Orly à dix-huit heures vingt-cinq soit dans environ quarante minutes.

Ultimes étreintes, ultimes baisers. Les deux amoureux souhaiteraient tellement pouvoir arrêter le temps, mais les haut-parleurs viennent rompre le charme.

« *Dernier appel : les passagers à destination de New York sont invités à se présenter porte d'embarquement numéro dix-sept* ».

Furtivement, Alison écrase une larme tout en affichant un large sourire. Lilian s'oblige à exhiber une mine réjouie. L'un comme l'autre éprouvent un curieux ressenti, partagés qu'ils sont entre le souvenir des heures enchanteresses vécues ces derniers jours et la désolation d'une séparation nouvelle. Ne pas pleurer. Ne pas risquer de gâcher l'émerveillement. Ces quatre jours ont passé trop vite, mais ils en garderont un souvenir impérissable. Lilian n'en revient toujours pas de l'ébahissement provoqué par cette visite impromptue tandis qu'Alison savoure le succès d'une surprise soigneusement préparée et dont les effets auront été bien au-delà de ses espérances.

Il n'a pas oublié qu'il y a un peu plus de dix jours, dans une conversation sur *skype*, elle avait lancé dans un éclat de rire, après lui avoir proposé sur le ton de la plaisanterie de venir l'aider à liquider son déménagement : « j'arrive ».

Il était loin de soupçonner ce qu'elle tramait en secret. Walter Crawford lui avait octroyé quelques jours de congé en échange d'une mission : convaincre le jeune journaliste de revenir aux U. S. A. le plus rapidement possible.

Ce rédacteur en chef du *New York Daily News* a, entre autres, pour objectif, de constituer autour de lui une équipe jeune qui l'aidera à redynamiser le service qu'il dirige. Il a très vite perçu le potentiel du « petit Français » et compte bien exploiter ses talents.

À court terme, il aura besoin d'un reporter parlant couramment l'espagnol pour remplacer le correspondant permanent du journal américain à Santiago du Chili. Celui qui occupe ce poste doit subir une opération chirurgicale qui le rendra indisponible plusieurs semaines, voire quelques mois. Pourquoi ne pas donner sa chance à ce jeune garçon qui a su rapidement gagner sa confiance ?

— Il ne faudra pas que tu tardes à répondre si cette perspective t'intéresse, a précisé Alison. Walter t'apprécie, mais tu le connais, l'intérêt du service avant tout. Il veut pouvoir compter sur ceux qui le secondent. Il te promet, ultérieurement, un contrat d'embauche qu'il qualifie de très intéressant.

Lilian a conscience qu'il est des opportunités qu'il ne faut manquer à aucun prix. Certes, il veut encore se réserver un petit temps de réflexion, mais il est fort probable qu'il acceptera la proposition, d'autant plus que, l'idée de retourner sur les lieux de sa prime enfance n'est pas pour lui déplaire.

— Nous allons encore être séparés, a-t-il objecté à sa fiancée.

— Un temps seulement. Walter a promis que ce ne serait que momentané. Il n'a pas voulu m'en dire davantage sur son projet, mais je ne mets pas sa parole en doute.

Tout bien pesé, il est vrai que Lilian peut parfaitement écourter sa présence en France. Il a accompli la plupart des formalités indispensables, son déménagement est quasiment prêt, il ne reste plus qu'à finaliser.

Décidément, le week-end écoulé sera à marquer d'une pierre blanche. Il ne s'attendait pas à une telle précipitation des événements.

Il réfléchit à ces éventualités tandis qu'Alison, là-bas, se soumet aux opérations de contrôle avant embarquement. Il ne la lâche pas du regard. Formalités accomplies, elle se retourne une dernière fois, accompagnant son sourire de grands signes et d'envois de baisers auxquels Lilian répond pareillement. Ils sont radieux. Plus rien, plus personne n'existe autour d'eux.

Un dernier regard, un grand geste d'adieu, elle disparaît. Lilian demeure figé, scrutant le lointain comme s'il espérait la voir reparaître. Il finit par s'éloigner à regret, mais ne se résout pas à quitter l'aéroport. Il se met en quête du meilleur endroit pour assister au décollage de l'avion.

Dans sa tête, il repasse le film de ces cinq derniers jours, à commencer par l'apparition magique, vendredi dernier, d'Alison à la porte du pavillon.

Elle, qui était si désireuse de découvrir Paris, n'a pas été déçue.

Il eût été impensable pour la petite Américaine, de venir à Paris sans monter à la tour Eiffel. Ce fut donc leur première visite le lendemain de son arrivée. Quelle jouissance avait-ce été pour Lilian de se muer en guide pour son aimée. Elle s'était émerveillée de tout, avait posé mille questions. Lui ne tarissait pas.

Perchés au deuxième étage de la construction métallique, ils dominaient Paris et les banlieues environnantes.

— Cet immense jardin, à nos pieds, c'est le Champ-de-Mars et tout au bout l'école militaire. De l'autre côté, les jardins du Trocadéro sont dominés par le palais de Chaillot qui abrite, entre autres, le musée de l'homme, celui de la marine et le théâtre national de Chaillot... À gauche, tu aperçois le sommet de l'Arc de Triomphe d'où partent les Champs-Élysées et puis, tout en bas de l'avenue, la place de la Concorde avec l'obélisque de Louksor... Encore plus à droite, mais beaucoup plus loin, en arrière-plan, tu vois, sur une butte, l'église blanche avec deux dômes : un grand et un plus petit ? C'est le Sacré-Cœur de Montmartre. Nous irons demain si tu veux et nous en profiterons pour faire un tour place du Tertre où officient tout plein de peintres, dessinateurs, caricaturistes... Tu verras, c'est tout à fait typique.

Il lui montra ainsi les plus célèbres monuments de la capitale : le Louvre, les Invalides, la Coupole, l'église de la Madeleine, Notre-Dame, le grand et le petit palais, l'arche de la Défense, la maison de radio France... Grâce aux jumelles qu'il avait apportées, elle pouvait en saisir les détails. Sa curiosité était sans limite à propos de ce qui, vu de cent quinze mètres au-dessus du sol, ressemblait à des maquettes.

Elle demanda quel était ce grand bâtiment en direction du sud-est. Il répondit avec un sourire :

— La tour Montparnasse, mais je n'osais pas la mentionner, car elle n'a pas de quoi étonner une

New-yorkaise.

Chaque jour, il l'avait promenée dans les plus beaux quartiers, lui avait fait visiter des édifices remarquables. Tous les soirs, ils étaient rentrés épuisés, mais tellement heureux. Alison avait déclaré n'avoir qu'une envie : revenir au plus vite. Il restait tant à faire, tant à voir.

La promenade en bateau-mouche sur la Seine ne fut pas le moins éblouissant de leurs souvenirs. Comme ils étaient bien, serrés l'un contre l'autre, à observer la ville en glissant sur le fleuve.

Et puis, et puis…

Une demi-heure passe vite. Déjà, on a décalé la passerelle aéroportuaire qui permet aux passagers d'accéder à l'intérieur de l'avion. Un tracteur entraîne l'appareil en arrière. On le détache et, libéré, il roule seul vers son point de départ.

Il s'immobilise en bout de piste. Lilian ne le quitte pas des yeux. Soudain, le voilà qui s'élance, prend de la vitesse, se cabre et monte vers le ciel. De son poste d'observation, le garçon le suit aussi loin que possible jusqu'à ce qu'il ne soit plus qu'un point au firmament, puis s'efface. S'il est ému, il n'a plus envie de pleurer, car, il le sait, il est déjà décidé : il ne tardera plus à retourner aux États-Unis.

20

Dès le lendemain du départ d'Alison, Lilian s'est mis en quête du déménageur qui transportera au garde-meuble tout ce qu'il entend conserver. Ils ont pris date pour le vendredi 12 mai, soit dans à peine plus de trois semaines.

Il n'a pas renoncé pour autant à ses recherches sur l'affaire Lambert. Au contraire, il entend mener son enquête à terme avant de repartir de l'autre côté de l'Atlantique. Il s'est engagé à tenir Mariton au courant de ses découvertes. Aussi se rend-il très régulièrement à la BNF afin d'éplucher les articles de presse de ce début d'été 1981.

Mercredi 1er juillet 1981

France-soir titre sur deux lignes en travers de sa une : « Disparition de Mélanie Lambert - le père placé en garde à vue ».

Jean-Louis a été transféré à l'hôtel de police de Créteil. Vers quinze heures, Favier l'a fait amener à son bureau. Les deux hommes se connaissent, ce qui crée une situation ambiguë, un malaise pour l'un comme pour l'autre, car, cette fois, ce n'est plus le père qui vient déposer à la suite de la disparition de sa fille, mais un suspect de possibles agissements criminels.

— Nous allons devoir éclaircir un certain nombre de points, Monsieur Lambert. Vous êtes ici parce que le juge d'instruction a relevé trop de contradictions entre vos déclarations et celles de divers témoins.

— Je vous ai tout dit. Que voulez-vous de plus ? Faut-il que j'invente je ne sais quoi pour vous satisfaire ?

— Gardez-vous-en. Je vous demande seulement d'être précis et de ne rien nous cacher.

— Cacher quoi ? Et dans quel but ?

— Je ne sais pas. D'où ma suggestion de vous montrer coopératif.

— Vous ne supposez tout de même pas que je puisse être pour quelque chose dans la disparition de ma fille ?

— Quelqu'un a-t-il évoqué cette éventualité ? Vous êtes le premier à en suggérer l'idée.

Jean-Louis se mord les lèvres. Salaud, pense-t-il. Il a parlé trop vite. N'est-ce pas le mot de trop. Il tente de se rattraper.

— Ma fille a disparu depuis maintenant plus d'un mois. Pas le moindre indice, aucune information nouvelle et c'est moi qui, aujourd'hui, suis placé en garde à vue. Reconnaissez que ce n'est pas banal. En me suspectant de je ne sais quoi à son encontre, vous négligez le fait que je suis son père.

— Je ne néglige rien. Mais si vous saviez tout ce que j'ai pu voir dans ma carrière... Aujourd'hui, plus grand-chose ne m'étonne. Quoi qu'il en soit, nous ne sommes là que pour tenter d'établir la vérité et j'espère bien que vous allez m'y aider. Mes questions seront donc à la fois précises et directes. Première d'entre elles : « Maintenez-vous avoir passé toute la soirée du 28 avril à votre bureau et n'en être jamais sorti ? »

— J'ai répondu cent fois à cette question.

— Si je vous la pose à nouveau c'est que, vous le savez, Madame Prigent prétend le contraire.

— Madame Prigent se trompe.

Favier frappe sur sa machine à écrire les réponses au fur et à mesure.

— Quelle est la nature de vos relations avec Madame Renson ?

— Avec Madame Renson ? Les mêmes relations qu'avec tous les employés de mon agence.

— Rien de plus ?

— Que voulez-vous qu'il y ait de plus ?

— Je ne sais pas. D'aucuns prétendent que vous auriez avec elle des rapports qu'on pourrait qualifier de privilégiés ?

— Que voulez-vous dire ? … Sous-entendez-vous que Madame Renson serait ma maîtresse ?

— Par exemple.

— Qu'est-ce qui vous permet d'insinuer cela ? Et puis quel intérêt en la circonstance ?

— Nous allons y venir.

— Vous savez, les cancans, les jalousies, les propos mal intentionnés ne sont pas ce qui m'étonne le plus. Vous devez connaître cela.

— Certes. Mais évitons, si vous le voulez bien, Monsieur Lambert, le jeu du chat et de la souris. Nous y gagnerons en temps et en efficacité. J'ai interrogé ce matin même Madame Renson tandis que vous étiez chez Monsieur le Juge d'instruction. Elle a reconnu être votre maîtresse depuis plusieurs mois tout en mentionnant vos recommandations de se montrer discrète à ce sujet, principalement par rapport à votre femme. Il m'a semblé que c'était à regret qu'elle faisait cet aveu, mais elle a été très claire.

Il marque un temps.

— Pourquoi avez-vous menti, Monsieur Lambert ?

— Je n'ai nullement menti. Cette question n'a jamais été évoquée et, en outre, elle est sans rapport avec l'affaire qui nous préoccupe.

— Pas sûr ! Autre question : « Qu'avez-vous fait l'après-midi du 28 avril ? »

Jean-Louis hésite :

— Je suis dans l'incapacité de vous le dire. Difficile de me souvenir de mon emploi du temps de chaque jour.

— Ce jour-là n'a pas été tout à fait comme les autres.

— Je ne le savais pas encore.

— J'en conviens. Je suppose que vous possédez un agenda dans lequel vous notez rendez-vous et activités importantes ?

— Naturellement.

— Pourrais-je en prendre connaissance ?

— Il est à mon bureau.

— Eh bien, si vous le permettez, je vais le faire chercher. Je suppose que Madame Prigent saura le trouver.

— Évidemment.

— Nous allons donc temporairement mettre fin à cet entretien. Nous nous reverrons dès que je serai entré en possession de ce document qui nous aidera, je l'espère, à clarifier les choses.

Jean-Louis signe le procès-verbal d'interrogatoire puis un gardien vient lui passer les menottes avant de le reconduire en cellule.

Favier, très rapidement, appelle le juge d'instruction

pour lui rendre compte et l'informer de la suite qu'il envisage.

— Parfait ! Tenez-moi au courant si vous avez du nouveau.

Reste à avertir Éliane Lambert du placement en garde à vue de son mari, une démarche qui, à vrai dire, ne l'enthousiasme guère. Qu'à cela ne tienne, c'est le genre de boulot dont cet abruti de Lenglet se tire généralement à merveille. Il le charge de cette besogne tandis qu'il ira récupérer l'agenda de Lambert.

*

Il est un peu plus de dix-sept heures. Un appel téléphonique émanant de l'hôtel de police avertit Éliane du placement en garde à vue de son mari. Elle ne comprend pas. Elle tente d'en savoir davantage, mais Lenglet est un mur.

— Je ne peux rien vous dire, Madame.

— Puis-je parler à l'inspecteur Favier ?

— Monsieur Favier n'est plus dans son bureau.

— Quand sera-t-il de retour ?

— Je l'ignore, Madame. Étant donné l'heure, je doute même qu'il repasse à l'hôtel de police ce soir, mais je ne crois pas qu'il soit en mesure de vous en dire davantage.

— Pourrais-je au moins savoir ce qu'on reproche à mon mari ?

— Je ne sais pas. Tout ce que je peux vous dire c'est que la garde à vue est de vingt-quatre heures, qu'elle pourra éventuellement être renouvelée et que votre mari aura la possibilité, s'il le désire, de rencontrer un avocat après la vingtième heure.

Éliane est abasourdie. Que faire ? Que doit-elle comprendre ? Comment est-ce possible ?

Une idée lui vient soudain. Demler. Appeler maître Demler. Lui doit pouvoir intervenir. Elle lui téléphone immédiatement. La secrétaire répond qu'il est au palais. En principe il repasse au cabinet après les audiences. Elle propose de lui laisser un mot lui demandant de l'appeler. Pour plus de sécurité, elle va avertir sa femme, au cas où il rentrerait directement chez lui, et la charger de la commission.

Cette promesse, si elle ne l'avance guère, apaise passagèrement Éliane.

Attendre, il n'y a rien d'autre à faire. Pendant des heures elle va ressasser. Jean-Louis en garde à vue. Pourquoi ? Incroyable. Aberrant. Vont-ils bientôt le relâcher ? Décidément, il ne leur arrive que des tuiles. Qu'ont-ils bien pu faire pour mériter tant de malheur ? Elle aurait envie de pleurer, mais les larmes ne viennent plus. À croire qu'elle n'en a même plus la force. Elle devrait s'occuper, histoire de tuer le temps, mais est incapable de fixer son attention sur quoi que ce soit. Elle demeure immobile, prostrée dans le canapé, se remémore en continu les événements de la journée et tout particulièrement l'interrogatoire de Lorentz. Que s'est-il passé entre lui et Jean-Louis ? Son mari se serait-il mis en colère ? Il n'en est tout de même pas venu aux mains. ? Certes, il est de tempérament sanguin, mais il sait se contenir, plus encore face à un magistrat. Et si ce n'était pas le cas ? Pareil outrage pourrait lui procurer de gros ennuis. Pire encore s'il est assorti de violence. Non. Ce n'est pas possible. Alors quoi ? Au fur et à mesure qu'elle chasse les idées de son esprit, celles-ci reviennent, tenaces, toujours les mêmes.

Elle commence à somnoler, n'est pas très loin de s'endormir quand la sonnerie du téléphone la fait sursauter.

À maître Demler, elle narre en détail les événements de la journée.

Il est bien sûr trop tard pour faire quoi que ce soit, mais l'avocat promet d'aller rencontrer son client dès le lendemain matin. Les vingt premières heures de garde à vue passées, il pourra s'entretenir avec lui.

— Je vous tiens au courant, assure-t-il. Vous pouvez compter sur moi.

Jean-Louis ne rentrera pas ce soir.

Pour les fois où Éliane éprouve des difficultés à dormir, le médecin lui a prescrit la prise ponctuelle d'un comprimé d'*imovane*. Ce soir elle n'y échappera pas. Elle va même s'autoriser à en absorber deux, car elle ne tient pas à passer une nuit blanche.

21

Jeudi 2 juillet 1981

Favier est un malin. Il connaît toutes les ficelles du métier et, entre autres, ne souhaite pas que Lambert s'entretienne avec son avocat avant de lui avoir posé quelques nouvelles questions qui lui semblent cruciales. Aussi, dès sept heures trente, est-il déjà à son bureau et ordonne-t-il qu'on y amène le gardé à vue.

Celui-ci, on pourrait s'en douter, a très mal dormi. Depuis la veille, fin d'après-midi, il est demeuré confiné dans une cellule aveugle dont seul, un des quatre murs (celui qui donne sur le couloir d'accès) est vitré. De là, sourd une lumière blafarde provenant de néons allumés vingt-quatre heures sur vingt-quatre, ce qui ne facilite pas le sommeil. Cela n'empêchera pas de consigner dans le procès-verbal de synthèse la formule traditionnelle : « *en dehors des interrogatoires, le reste du temps a été consacré au repos !* ».

Dans la soirée, désirant se rendre aux toilettes, Jean-Louis a tambouriné contre la vitre une bonne dizaine de minutes avant qu'un gardien daigne se déplacer pour le mener au bout du couloir où sont installées trois cabines de WC sans porte. L'homme est demeuré statique en attendant que le détenu en ait terminé : situation pour le moins humiliante. Retournant à sa cellule, Lambert lui a demandé l'heure. Le flic a feint de ne pas entendre et n'a pas répondu. De toute évidence, ces détails ne sont pas anodins. Ils ont clairement pour but d'exercer sur le suspect une pression psychologique. Jean-Louis l'a rapidement compris et il se promet de ne pas se laisser prendre à ce genre de piège. Ne montrer aucun signe de faiblesse.

Le voici donc de nouveau face au policier qui, cette fois, ne s'embarrasse pas de préambule :

— Vous avez eu le temps de réfléchir. Souhaitez-vous ajouter des précisions, des rectifications... que sais-je, à vos précédentes déclarations ?

— Je maintiens ce que j'ai dit.

— Nous allons donc poursuivre. J'ai consulté votre agenda dont j'ai photocopié quelques pages. À la date du 28 avril est consigné un rendez-vous à quinze heures avec un monsieur Lantier à Charenton-le-Pont.

— Je me souviens. Il s'agissait d'évaluer le prix d'un appartement qu'il désirait mettre en vente dans notre agence.

— C'est toujours vous qui vous chargez des estimations de biens ?

— Pas systématiquement. Certains de mes collaborateurs et collaboratrices sont aptes à effectuer ce travail.

— Combien de temps dure, en moyenne, semblable rendez-vous avec un vendeur ?

— Cela dépend du bien en question. Ce n'est pas la même chose d'estimer un studio ou une villa de six pièces avec jardin.

— J'entends bien, mais pouvez-vous m'indiquer

une fourchette de temps.

— Une demi-heure, une heure, parfois une heure et demie, rarement deux heures... Je vous l'ai dit, c'est très variable.

— Qu'avez-vous fait après cette démarche ?

— Je suis retourné à mon bureau.

— Quelle heure était-il ?

— Je ne sais pas. Quatre heures et demie, cinq heures. Je n'en ai pas le souvenir.

— Désolé de vous dire que ça ne concorde encore pas avec les déclarations de Madame Prigent. Sur votre agenda, elle a noté, et elle est formelle, c'est bien son écriture : « Joindre très vite Monsieur Deloison ». Je l'ai questionnée à ce sujet. Selon elle, il s'agissait d'une négociation sur un dossier dont vous étiez en charge et à propos duquel le client souhaitait s'entretenir avec vous dans les plus brefs délais.

— Admettons. Et alors ?

— Madame Prigent se rappelle également que, la journée de travail étant sur le point de s'achever, comme vous n'étiez pas encore revenu à l'agence, elle a rédigé un mot qu'elle s'apprêtait à déposer sur votre bureau lorsque, m'a-t-elle dit, vous êtes arrivé. De ce fait, elle a pu vous exposer le problème de vive voix.

— C'est possible. Je ne vois pas ce que cela change.

— Ce que cela change ? C'est qu'entre, disons dix-sept heures et dix-huit heures cinquante ou dix-neuf heures, on ne sait pas où vous étiez. Or, votre fille a quitté son lycée à dix-sept heures et après, plus personne ne l'a revue.

— Mais vous êtes un malade. Vous n'allez pas en déduire que je suis responsable de sa disparition ?

— Je n'en déduis rien. J'observe qu'il y a là une coïncidence troublante. Si vous m'expliquiez ce que vous avez fait et où vous étiez en cette fin d'après-midi, ça m'éviterait de faire des hypothèses.

— Mais je n'en sais fichtrement rien. Cela remonte à plus d'un mois. Comment voulez-vous que je me souvienne heure par heure de ce que je fais chaque jour ? Qui pourrait répondre infailliblement à ce genre de questions ?

— Si c'était la seule incertitude, nous pourrions l'escamoter, mais hélas, beaucoup d'éléments apparaissent troubles. Je résume si vous le voulez bien. Votre fille disparaît le 28 avril entre dix-sept heures et vingt heures. Je dis vingt heures parce que c'est le moment où votre femme dit avoir commencé à s'inquiéter véritablement. En ce qui vous concerne, entre dix-sept heures et dix-neuf heures, vous êtes dans l'incapacité de nous indiquer où vous étiez et ce que vous faisiez. Vous reparaissez à votre bureau peu avant la fermeture de l'agence, ce qui est confirmé par plusieurs de vos employés. Vous affirmez y être demeuré jusqu'à votre retour chez vous vers une heure du matin. Or cela est doublement mis en doute : d'abord par Madame Prigent qui affirme ne pas vous avoir vu à l'agence lorsqu'elle est venue récupérer un dossier vers vingt et une heures trente, ensuite par Madame Renson qui, après avoir admis être votre maîtresse, a reconnu que vous avez passé la soirée chez elle.

Il marque un temps puis reprend :

— À cela, nous pouvons ajouter d'autres observations, certes plus subjectives, mais qui, liées à l'ensemble, constituent des éléments troublants. Selon votre femme, lorsqu'elle vous apprend que votre fille a disparu, votre réaction n'est pas l'affolement, mais une sorte de colère mêlée à l'envie de ne pas chercher plus loin. Le matin du 29 avril, toujours très inquiète, elle veut alerter la police, vous lui suggérez de ne pas se précipiter et d'attendre l'heure de rentrée au lycée. Apprenant que votre fille ne s'y est pas rendue, votre femme se précipite chez nous pour faire sa déclaration. Vous ne l'accompagnez pas, car vous jugez plus indispensable de vous rendre à votre bureau, comme si cette disparition de votre fille n'était que secondaire. L'enquête que nous avons menée nous a appris que Mélanie était enceinte et qu'elle redoutait, plus que tout, votre réaction. « Mon père va me tuer » a-t-elle confié à sa meilleure amie, affirmant que ce n'était pas qu'un mot mais que cette crainte était bien réelle.

— Vous prétendez que ma fille était enceinte, mais qu'est-ce que vous en savez ? Parce qu'une gamine raconte n'importe quoi, histoire se donner de l'importance, vous accordez crédit à ses dires. Par contre, ma parole ou celle de mon épouse sont probablement suspectes ? C'est tout de même nous qui connaissons le mieux Mélanie.

— C'est ce que pensent tous les parents, c'est au moins ce qu'ils souhaitent. Il n'est pas rare que la réalité soit différente. Désolé de vous dire qu'il ne s'agit pas d'élucubrations d'une adolescente, mais bien d'un fait que nous avons vérifié. Mélanie avait consulté un médecin qui a confirmé sa grossesse.

— Le docteur Launay ?

— C'est votre médecin habituel ?

— Oui.

— Il ne s'agit pas de lui. Comme la plupart des jeunes filles dans son cas, elle a préféré consulter un médecin qui ne la connaissait pas. Un médecin qui lui a été conseillé par le planning familial. Le délai légal de douze semaines étant dépassé, il ne pouvait plus être question d'avortement.

Jean-Louis se sent englué dans un véritable guêpier. Il se ressaisit très vite.

— Admettons que ce que vous dites soit vrai, ce dont je doute. Je l'ignorais et par conséquent…

— Vous prétendez l'ignorer, mais est-ce bien la vérité ? Supposons qu'un jour vous surpreniez votre fille se rendant dans un centre de planning familial. Cela ne vous aurait-il pas interpellé ?

— Si, bien sûr.

— Alors ?

— Alors quoi ? Vous me demandez de raisonner sur des situations parfaitement farfelues.

— Farfelues ? Permettez-moi d'émettre des réserves. Violaine Pécourt avait accompagné votre fille au centre de consultation. Elle a expliqué qu'en sortant de celui-ci - il y a comme ça de surprenants hasards dans la vie - elles se sont trouvées nez à nez avec vous qui, pour des raisons professionnelles, passiez justement dans ce quartier. Vous avez demandé à Mélanie ce qu'elle faisait et, prise de court, elle a prétendu qu'elle accompagnait sa camarade alors que c'était le contraire. Le lendemain, Violaine s'est enquise de votre réaction. « C'est bon, a répondu Mélanie, il a gobé le truc, mais pour combien de temps ? » Aviez-vous vraiment gobé le truc, comme elle dit ? Vous seul connaissez la réponse. Et si ce n'était pas le cas…

Jean-Louis ne bronche pas.

— Je ne vous connais pas intimement, Monsieur Lambert, mais en aucune façon je ne vous crois naïf et j'ai du mal à croire que vous vous êtes contenté de cette simple explication de votre fille. Reconnaissez que tous ces éléments constituent un faisceau de présomptions qui commence à être conséquent et incline à s'interroger. Vous souvenez-vous au moins de cette rencontre inopinée ?

— Non. Ma fille se promène, elle va au lycée, au sport, se rend chez des copines, que sais-je encore… Pour ma part, je visite des clients, je vais chez des notaires, chez mon comptable…, nous pouvons nous croiser de manière impromptue, ce n'est ni exceptionnel ni étonnant et nous n'avons pas de raison d'en garder des souvenirs impérissables.

— Le centre de planification dont il est question se trouve boulevard de la Marne à Saint-Maur, loin du quartier que vous habitez et à l'opposé du lycée Marcelin Berthelot fréquenté par votre fille. Cela n'a pas attisé votre curiosité ?

— Ma fille a seize ans. Elle n'est plus tout à fait une gamine et il est certain que nous ne contrôlons plus ses déplacements comme nous le faisions lorsqu'elle en avait huit ou dix.

— Je veux bien l'entendre, mais... quelque chose me gêne. Dès que nous abordons un fait précis, vous ne vous souvenez pas. Il semble que vous ayez une mémoire que je qualifierai de sélective.

— Comme tout un chacun, je suppose, les choses importantes me marquent, les détails de la vie quotidienne qui se reproduisent vingt fois par jour et trente jours par mois, je les oublie.

— Admettons. En la circonstance, c'est tout de même ennuyeux. Je vous repose une dernière fois la question : « Y a-t-il un détail ou une remarque que vous souhaitez ajouter ? »

— Non.

— Il ne me reste donc plus qu'à transmettre l'ensemble des pièces à Monsieur le Juge instruction qui vous reverra dans le courant de la journée et décidera de la suite à donner. Pour ma part, mon rôle s'arrête ici.

Comme chaque fois, accomplissement des formalités d'usage : lecture et signature du procès-verbal d'interrogatoire puis Lambert quitte Favier. Les deux hommes ne se reverront plus.

À tout juste neuf heures, Maître Demler rencontre son client à l'hôtel de police. Celui-ci lui rapporte, avec force détails, les interrogatoires de ces dernières vingt-quatre heures.

— Je vais m'enquérir du contenu du dossier, dit l'avocat. Si le juge Lorentz envisage de vous inculper, nous devrons plaider votre maintien en liberté. C'est dorénavant l'objectif numéro un. Le reste viendra en son temps.

— Y a-t-il un risque, interroge Jean-Louis ?

— Il y en a, hélas, toujours un, concède Demler. Nul ne connaît l'état d'esprit du magistrat. Je vais faire l'impossible pour vous sortir de là.

*

Jean-Louis retourne en cellule. La journée s'écoule interminable. Il ne cesse de ressasser.

En fin de matinée, Demler informe Éliane. Impatiente d'en apprendre le plus possible, elle pose toutes sortes de questions. L'avocat demeure évasif. « Je ne peux malheureusement rien ajouter à l'heure actuelle. Il faut attendre la comparution devant le juge. Comptez sur moi pour faire le maximum. Je vous tiendrai au courant. »

Attendre, encore attendre, toujours attendre. Est-il situation plus insupportable ?

Dans l'après-midi, Jean-Louis est emmené en fourgon cellulaire au palais de justice de Créteil pour, vers dix-sept heures, comparaître devant le juge Lorentz. Maître Demler est présent ainsi que le substitut du procureur de la République.

— Allons directement au but, lance le magistrat instructeur en s'adressant à Jean-Louis. Le procès-verbal rédigé par mon OPJ fait apparaître un trou dans votre emploi du temps du 28 avril entre dix-sept et dix-neuf heures. Je pense que vous avez eu le temps d'y réfléchir et vous repose par conséquent la question : « Qu'avez-vous fait pendant ces deux heures ? »

— J'ai beau réfléchir, je n'en ai aucun souvenir.

— Regrettable ! Autre question : « Reconnaissez-vous avoir une liaison avec Madame Renson ? »

— Oui.

— Avez-vous passé la soirée du 28 avril en sa compagnie à son domicile ?

— Oui.

— Vous l'avez nié tout d'abord.

— C'était pour protéger notre couple.

— Cette absence de votre bureau expliquerait donc que vous n'ayez pas eu connaissance du message de votre épouse lorsqu'elle vous a appelé pour vous informer de la disparition de Mélanie.

Jean-Louis ne répond pas. Il se contente d'un geste, d'une mimique qui signifient : évident.

— Je ne reviens pas sur la grossesse de votre fille, mais je vous repose cependant la question : affirmez-vous toujours n'en avoir rien su ?

— Je l'affirme et j'ai toujours du mal à le croire.

Le juge se tourne vers le substitut.

— Monsieur le procureur, je vous écoute pour vos réquisitions.

L'homme se lance dans un discours bref, mais efficace. Il réclame fermement l'incarcération de l'accusé, justifiant sa requête par la tentation qu'aurait inévitablement Jean-Louis, s'il était en liberté, d'influencer certains témoins. « Comment ne pas craindre que l'accusé tente d'exercer des pressions sur ses propres employées telles, Madame Prigent ou Madame Renson ? » argumente-t-il, non sans raison. Il évoque aussi le cas de la jeune Violaine Pécourt qui, adolescente, demeure inévitablement fragile et pourrait être manipulée.

Maître Demler fait observer qu'il suffira d'interdire à son client de rencontrer la jeune fille et ses parents, mais le substitut ne cache pas sa méfiance à ce sujet. Il fait valoir que l'enquête est loin d'être terminée. Mélanie a disparu, mais qu'est-elle devenue ? Est-elle toujours en vie ? Si ce n'est pas le cas, il s'agit d'un crime et il convient de rechercher le cadavre. Le risque est patent que le principal suspect tente de faire disparaître des indices.

Reste à la défense à s'exprimer. Maître Demler prétend que l'accusation est en réalité bien mal étayée et qu'aucune preuve sérieuse ne permet de mettre en cause son client. S'il a dissimulé certaines choses, qu'il qualifie de détails, il s'en est expliqué et rien, à vrai dire, ne justifie les soupçons qu'on fait peser sur lui. Comment imaginer qu'il puisse être pour quelque chose dans la disparition de sa fille, hypothèse qu'il qualifie de rocambolesque ? La question essentielle n'est-elle pas : « qu'est devenue cette dernière ? ». Il tente par ce moyen de retourner l'argument du procureur. En l'absence de réponse, comment accuser qui que ce soit d'un hypothétique crime sans cadavre. Il brandit le spectre de l'erreur judiciaire.

« N'oubliez pas, dit-il, que mon client est chef d'entreprise. L'empêcher d'exercer ses fonctions est faire courir à celle-ci le risque de péricliter et à ses employés se retrouver au chômage. »

Il sollicite, en conséquence, le rejet des conclusions

du procureur et la remise en liberté du prévenu.

Lorentz, après avoir auditionné les deux parties, s'accorde un temps de réflexion. Peut-il libérer un coupable ? Mais s'il est innocent ? Chaque fois le même problème, le même dilemme. Pas de cadavre, pas d'aveux. Pourtant, une jeune fille de seize ans, une jeune fille qui avait toute la vie devant elle, a subitement disparu sans qu'on ne sache comment ni pourquoi. Elle a vu ses ailes brisées tel l'oiseau abattu en plein vol. N'est-ce pas à elle qu'il convient d'abord de penser ? Et ce type face à lui, un père ? Une grande gueule plutôt, qui clamait haut et fort ses principes, mais de toute évidence les aménageait à son gré concernant sa vie personnelle. A-t-il pu attenter à la vie de sa fille ? Pourquoi ? Pour une soi-disant question d'honneur ? Il a bon dos l'honneur quelquefois ! La réalité, aujourd'hui, c'est qu'on ne sait rien de ce qui s'est produit. Il faut percer ce mystère et pour y parvenir, ne prendre aucun risque. Les éléments de preuve, même les plus ténus doivent être préservés et exploités. Impossible, dans ces conditions, de remettre le suspect en liberté. Juste ou injuste, sa décision est prise : il ordonne l'incarcération de Jean-Louis Lambert.

22

Mardi 25 avril 2006

Hier, Lilian a passé l'après-midi à la bibliothèque François Mitterrand. Suite à l'inculpation de Jean-Louis Lambert, la première question qui lui vient à l'esprit est : « qu'est-il advenu de Mathieu Gobert ? » Il a consulté un nombre important de journaux datés de juillet et août 1981 : quotidiens et hebdomadaires. Tous font état des lourds soupçons qui pèsent dorénavant sur le père de la jeune fille disparue, mais aucun ne semble s'être intéressé au sort du lycéen.

Maître Ledun, qui était en charge de la défense du garçon, devrait l'éclairer sur ce point. Il convient de la contacter.

Il apprend qu'elle n'exerce plus en région parisienne. Le voilà donc contraint de rechercher où elle se trouve actuellement. Il découvre assez rapidement qu'elle est depuis quelques années inscrite au barreau de la cour d'appel d'Angers et que son cabinet professionnel est installé dans la Sarthe, très précisément à La Flèche.

Il parvient à la joindre par téléphone et lui explique brièvement qu'il est journaliste, travaille actuellement sur l'affaire de la disparition de Mélanie

Lambert en 1981 et souhaiterait savoir ce qu'il est advenu de Mathieu Gobert qui fut un temps soupçonné.

L'avocate se souvient très bien de ce cas.

— J'avais été commise d'office et c'est une des premières affaires pénales que j'ai eue à traiter.

— A-t-il été jugé ?

— Non. Il a bénéficié d'un non-lieu. Il faut dire que les éléments à charge étaient bien faibles et, avec l'inculpation du père de la jeune fille, ils ont été réduits à néant. Le juge n'a pu que rendre une ordonnance de remise en liberté.

— En somme, il s'en est bien tiré, commente Lilian.

— Bien tiré, c'est beaucoup dire. Il a été fortement marqué. Sachez qu'il n'a pas pu se présenter aux épreuves du baccalauréat puisqu'elles se sont déroulées pendant son incarcération. Du coup, il a abandonné ses études. Je crois savoir qu'il avait été embauché comme apprenti dans un garage, mais que ça ne s'est pas très bien passé et qu'il a rapidement été renvoyé. Ce n'était déjà pas un garçon très stable et il évoluait dans un milieu qu'on pourrait qualifier de défavorisé. Le fait de passer plusieurs mois en prison, avec la promiscuité que cela implique, n'a pas été, vous devez vous en douter, sans conséquence.

— Je suppose qu'il a été dédommagé en raison du préjudice subi ?

— Vous voulez rire ? Pour deux mois d'incarcération ? C'est tout juste si on ne lui a pas dit qu'il était bienheureux de s'en tirer à si bon compte.

— Deux mois de prison, pour un garçon de dix-huit ans, innocent des faits dont on l'accuse, ce n'est tout de même pas rien !

— Vous prêchez à une convaincue, mais, hélas, le

système judiciaire fonctionne ainsi. On n'y fait assez peu de sentiments et les magistrats n'ont pas tendance à culpabiliser outre mesure. En la circonstance, ils seraient plutôt tentés d'expliquer à la victime, de ce qu'il faut bien qualifier d'erreur judiciaire, qu'elle a bien de la chance de s'en sortir sans plus de dégâts et qu'elle devrait même se féliciter que justice lui soit rendue par la reconnaissance de son innocence et sa remise en liberté.

— Avez-vous gardé contact avec lui ?

— Non. Après clôture du dossier, je n'ai plus eu de nouvelles.

— Concernant le père de Mélanie Lambert, avez-vous des informations ?

— Aucune. Je crois qu'il a été jugé et condamné, mais je suis dans l'incapacité de vous dire à quelle peine. J'avoue m'être désintéressée de cette affaire qui ne me concernait plus.

— Une dernière question : « les journaux ont-ils, à votre connaissance, relaté le non-lieu dont a bénéficié Mathieu Gobert ? »

— Je crois me souvenir qu'il y a eu dans quelques quotidiens : *France soir* ou l*e Parisien*, je ne sais plus exactement, de courts articles relatant l'événement, mais ça n'a pas fait la une, c'est une certitude. La presse s'intéresse plus aux coupables qu'aux innocents... !

— Seriez-vous en mesure de me préciser la date à laquelle votre client a été mis hors de cause ?

— C'est assez loin. Je me rappelle seulement que la décision est intervenue assez peu de temps après l'inculpation du père.

— Il a été inculpé le 2 juillet.

— Admettons. Alors je dirais que Mathieu a dû être libéré... avant le 14 juillet.

Lilian remercie son interlocutrice.

Le lendemain, fort de ces renseignements, il redouble d'attention dans l'examen des journaux du début juillet 1981 qu'il consulte à la TGB. Il finit par découvrir, à la page des faits divers du *Parisien* en date du 11 juillet, un entrefilet signalant qu'à propos de la disparition de la jeune Mélanie Lambert, son camarade de lycée, Mathieu G., un temps soupçonné par la police, a finalement été mis hors de cause et libéré.

23

Vendredi 3 juillet 1981

Malgré la prise de somnifère, Éliane a très mal dormi cette nuit encore. Hier fut une journée d'angoisse mêlée d'espoir, qui s'est malheureusement terminée on ne peut plus mal. Elle attendait avec impatience le retour de son mari lorsque l'appel de Lenglet est venu la frapper comme un coup de poignard.

Non seulement Jean-Louis ne rentrera pas ce soir, mais le voilà en détention, soupçonné d'on ne sait quoi à propos de la disparition de leur fille et suspecté d'être tenté d'exercer des pressions sur divers témoins.

Une véritable folie.

Elle a perçu, c'est au moins ce qui lui a semblé, une réticence de l'avocat à lui fournir plus amples explications.

— Il y aurait beaucoup de choses à dire, mais ce n'est pas simple par téléphone. Je préférerais que nous nous rencontrions. Voulez-vous passer me voir demain matin à mon cabinet ?

Éliane ne s'est pas faite pas prier et rendez-vous a été fixé à dix heures.

Levée tôt, elle piaffe d'impatience.

Avec près d'un quart d'heure d'avance elle se

présente au cabinet de Maître Demler espérant que…

L'avocat n'est pas encore arrivé. La secrétaire l'invite à s'installer en salle d'attente.

Dix heures : il n'est toujours pas là. C'est fou ces gens qui donnent des rendez-vous et sont incapables de ponctualité. Ce sont ceux qui, la plupart du temps, pestent s'ils doivent attendre. La nature humaine est ainsi faite.

Le voilà enfin qui arrive avec une bonne dizaine de minutes de retard. Éliane l'entend échanger avec sa secrétaire.

Il traverse l'antichambre de son bureau dans lequel il s'enferme non sans au passage saluer sa cliente.

— Je vous reçois tout de suite, Madame Lambert.

Tout de suite signifie encore cinq bonnes minutes de patience, des minutes de plus en plus interminables.

Enfin, il ouvre la porte et l'invite à le rejoindre. L'un comme l'autre perçoivent une évidente gêne.

— La situation n'est pas simple, déclare-t-il en guise d'introduction.

— Je ne comprends pas. Qui peut imaginer que mon mari puisse être pour quelque chose dans la disparition de Mélanie ?

— Je pense comme vous, mais le juge instruction a, de toute évidence, une tout autre approche du dossier.

Il explique le fondement des soupçons du magistrat, à commencer par le trou dans l'emploi du temps de Jean-Louis l'après-midi du 28 avril.

— Jean-Louis est sans arrêt en déplacement. Il a trois, quatre, cinq rendez-vous chaque jour sinon davantage, et cela tous les jours. Comment pourrait-il se souvenir de tout ? Argumente-t-elle.

— Je comprends, mais ce ne sont pas les seuls reproches qui lui sont adressés.

Il hésite un peu puis se lance :

— Je crois préférable de jouer cartes sur table, Madame Lambert. Je ne suis pas très à l'aise pour aborder ce sujet, mais cela me semble indispensable. Saviez-vous que votre mari avait une maîtresse ?

— Jean-Louis ? Une maîtresse ? Vous ne parlez pas sérieusement ?

— Il l'a reconnu et a même avoué que, le soir de la disparition de Mélanie, il se trouvait chez elle... Je conçois votre réticence à l'entendre, mais c'est ainsi. Je me serais volontiers dispensé de vous faire ce genre de révélation, mais comprenez qu'il est indispensable que tout soit clair. Vous l'auriez rapidement appris de toute façon.

— C'est impossible !

Éliane ne peut admettre l'idée. Elle veut encore croire à l'invraisemblance de ce qui n'est forcément que calomnie.

— Et qui serait cette supposée maîtresse ?

— Ce n'est pas une supposition, rectifie l'avocat. Je vous répète que votre mari a avoué. Il s'agit d'une de ses employés : Madame Renson.

— Élisabeth Renson ?

Abracadabrant. Éliane ne veut pas l'admettre, mais quel intérêt aurait Maître Demler à raconter semblables boniments ? Les idées se bousculent dans sa tête. Son cerveau tourne à mille à l'heure. Élisabeth Renson, maîtresse de Jean-Louis, qui peut l'imaginer ? Bien sûr, c'est une femme libre puisqu'elle est divorcée. Elle n'a pas d'enfant. Il faut reconnaître qu'elle est bien de sa personne, mais tout de même... Jean-Louis ne prononçait que très rarement son nom.

Était-ce pour ne pas éveiller les soupçons ? Doit-elle en déduire que chaque fois qu'il prétextait travailler tard à son bureau, son mari allait en réalité se vautrer dans le lit de cette traînée ?... Impensable ! D'ailleurs, quel rapport avec la disparition de Mélanie ? Elle pose la question à Maître Demler.

— Je comprends, répond-il, que vous ayez du mal à admettre un état de fait que vous étiez bien loin de soupçonner, mais cela n'est pas mis en doute. Quant à ce qui concerne votre fille, je ne sais pas si vous saviez...

Il interrompt sa phrase. La suite a manifestement du mal à sortir. Doit-il faire cette révélation ? Ce coup supplémentaire ne sera-t-il pas le coup de trop ? Cette femme paraît si fragile...

— Si je savais quoi ? s'impatiente Éliane.
— Je veux parler de son état.
— Son état ? Je ne comprends pas. Quel état ?
— Saviez-vous que votre fille était enceinte ?

Cette fois c'en est trop. Éliane ne peut pas croire, ne veut pas croire... Tout cela n'est qu'un mauvais rêve, un horrible cauchemar... Elle tente encore de nier, de refuser la vérité, de se réfugier derrière l'impossible, mais elle faiblit, n'a plus la force de résister. Elle est au bord de l'anéantissement.

S'efforçant de la ménager, l'avocat expose patiemment les éléments du dossier. Certes, à la base, la possible grossesse de Mélanie ressort du témoignage d'une jeune fille dont la parole aurait pu être mise en doute, mais une enquête approfondie l'a confirmée.

Éliane n'en peut plus. Trop c'est trop. Est-elle si naïve ? Connaissait-elle si mal ses proches, ceux qu'elle côtoyait chaque jour, dont elle imaginait être l'indispensable protectrice, et qui étaient toute sa vie ?

Son mari la trompait, paraît-il. Quant à sa fille avec laquelle elle était si complice ?... Comment a-t-elle pu lui cacher ?... Jamais elle n'a parlé de fréquentation d'un garçon. Elle était si sage, si droite. Elle n'avait que des copines, des filles uniquement. Elle ne faisait pas partie de ces gamines livrées à elle-même qui passent leur temps à traîner les rues, vont et viennent, rentrent à n'importe quelle heure sans rendre de comptes... Bien plus que sa mère, elle était sa confidente. Mélanie ne lui cachait rien. Alors ? ... Le monde s'effondre autour d'elle. Éliane ne cherche même plus à se défendre, elle subit, elle n'a plus le moindre ressort.

Demler a changé de sujet de conversation, mais c'est à peine si son interlocutrice s'en est aperçu. Son esprit ne suit plus. Elle ne l'écoute que distraitement.

Il lui expose les formalités à accomplir pour obtenir le droit de rendre visite à son mari à la prison de Fresnes.

Oui. La prison. Son mari est en prison. Il la trompait sans qu'elle s'en soit douté. On le suspecte d'avoir fait disparaître leur fille et, pourquoi pas, de l'avoir tuée. Leur fille qui venait tout juste d'avoir seize ans : une innocente agnelle dont on lui apprend qu'elle était enceinte. Comment tout cela est-il possible ? La vie peut-elle être si cruelle ?

24

Mardi 2 mai 2006

Le déménagement définitif du pavillon de sa mère approchant à grands pas, Lilian a consacré la plus grande partie du week-end prolongé du 1er mai, à fignoler ses rangements, et terminer des cartons. Il ne garde à disposition que le strict nécessaire à ses besoins journaliers.

La semaine dernière, plusieurs après-midi passés à la BNF n'ont guère fait avancer ses recherches. Ainsi va l'actualité. Elle mobilise un temps l'attention générale, suscite la curiosité du public, engendre pléthore d'articles de presse qui font, sinon la « une » des quotidiens au moins les gros titres des pages intérieures, puis ce qui retenait hier l'attention générale tombe subitement dans l'oubli pour laisser place à d'autres préoccupations.

La justice va maintenant approfondir son enquête. Elle sera longue, parfois tortueuse, mais sans éclats particuliers susceptibles d'alerter l'opinion.

Inconsciemment, le magistrat instructeur s'est forgé un avis qui, inévitablement, oriente ses investigations dans un seul sens.

Il tient son coupable, il en est convaincu. Foin de l'instruction à décharge. Son but unique est dorénavant de démontrer que, l'homme qu'il a envoyé derrière les barreaux est un odieux criminel qui n'a pas hésité à sacrifier sa propre fille à son infatuation, à sa volonté outrancière, démesurée, de ne pas déchoir vis-à-vis de son entourage.

Retrouvera-t-on un jour la jeune Mélanie ? Il en doute. Y croit-il encore ? Comme dans toutes les affaires similaires, le temps induit les résultats. Si, très rapidement, une personne disparue ne reparaît pas ou n'est pas retrouvée, il y a fort à parier qu'on ne la reverra jamais. Lorentz le sait. Ce n'est pas la première affaire du genre qu'il traite et, chaque fois, ce postulat a été vérifié. Son objectif est donc, dorénavant, de démasquer le criminel, de démontrer son implication afin que la justice soit à même de prononcer une condamnation à la hauteur des méfaits commis.

Cela conduit les passionnés de faits divers à oublier l'affaire jusqu'à l'ouverture du procès qui ravivera les mémoires et inspirera de nouveau la curiosité.

Le mois de juillet 1981 arrivant, les préoccupations des Français sont provisoirement plus légères. Les vacances sont là et la météorologie ainsi que la circulation routière ont pris une place prépondérante dans l'actualité. Les Français songent à se détendre, à oublier leurs soucis de tous ordres, à se refaire un moral et une santé. Le bouleversement politique de ces derniers mois n'occupe déjà plus le premier plan. On s'habitue à tout. On se passionne plus pour le tour de France, que Bernard Hinault semble en mesure de remporter pour la troisième fois, que pour la politique ou les affaires criminelles.

Quel sera le prochain retournement de situation dans l'affaire Lambert ? Difficile de prévoir. Voilà qui ne facilite pas le travail de Lilian. Il décide de contacter maître Demler pour tenter de progresser dans sa quête de savoir.

Par chance, l'avocat, âgé aujourd'hui de soixante-sept ans, n'a pas encore décroché. Il exerce toujours dans le ressort du tribunal de Créteil. Lilian l'a au bout du fil en fin de matinée. Demler se montre coopératif, expose volontiers ce qu'il sait, mais hélas ses informations ne sont que partielles.

— Ma collaboration avec les parents Lambert a pratiquement cessé avec la mise en examen du père. Trop de désillusions, ajoutées à la disparition de leur fille, ont eu raison de la solidité du couple. Je crois que Madame Lambert n'est allée visiter son mari en prison qu'une ou deux fois. Elle, qui le portait aux nues, qui lui était plus que dévouée, qui lui accordait une confiance aveugle, a totalement craqué en découvrant la vérité. Je veux dire le fait qu'il la trompait. La rupture était inéluctable. Elle a immédiatement introduit une demande en divorce. Ayant été jusque-là l'avocat du couple, il m'était difficile de prendre parti pour l'un contre l'autre. Aussi ai-je invoqué la clause de conscience et leur ai-je suggéré de se tourner vers des confrères, et même de prendre chacun un défenseur.

— Vous pouvez me dire quels avocats ils ont choisis ?

— Si mes souvenirs sont exacts, Monsieur Lambert a confié la défense de ses intérêts à mon confrère Sébastien Ménard. Quant à Madame Lambert, je ne me souviens plus qui elle avait désigné, mais je peux vous dire que la procédure de divorce a été annulée, car elle est décédée peu de temps après : en septembre ou octobre, je ne suis plus très sûr.

— De quoi est-elle est morte ?

— Je l'ignore. C'était une personne fragile et il est certain que cette avalanche de catastrophes dans sa vie l'a anéantie.

— Et monsieur Lambert ?

— Je sais qu'il a été condamné à de la prison ferme, mais vous dire la durée, j'en serais bien incapable. Mon confrère Ménard vous renseignera. Vous le joindrez sans difficulté : il exerce toujours au barreau de Créteil.

Lilian tente immédiatement d'appeler l'avocat en question, mais celui-ci a pris quelques jours de vacances et sa secrétaire répond qu'il est absent pour toute la semaine. Usant de son statut de journaliste, il demande son numéro personnel.

— Impossible. Il est actuellement au Maroc et je n'ai aucun moyen de le joindre. C'est lui qui m'appelle environ tous les deux jours pour faire le point sur les affaires en cours. Je pourrai, si vous le désirez, lui faire part de votre appel quand je l'aurai au téléphone.

Lilian demande, à tout hasard, si elle se souvient d'un certain Jean-Louis Lambert que son patron a défendu dans les années quatre-vingt-un et suivantes, mais la femme était trop jeune.

— Je ne suis au service de maître Ménard que depuis une dizaine d'années. Essayez de l'appeler la semaine prochaine.

— Je le ferai. Merci beaucoup pour votre amabilité.

Les renseignements obtenus sont assez loin de combler ses attentes, mais Lilian estime que ces petites avancées ne sont pas inutiles. Il décide de retourner à la BNF pour tâcher de retrouver dans les journaux de septembre, octobre ou novembre quatre-vingt-un, quelque article évoquant le décès d'Éliane Lambert.

Ce ne fut pas le moins fastidieux de son travail, mais il avait la volonté d'aboutir. Il ne lui fallut pas moins de trois jours de consultation minutieuse des principaux quotidiens pour parvenir enfin à satisfaire sa curiosité.

25

Mardi 27 octobre 1981

Depuis plusieurs jours, même s'il ne pleut pas, le ciel est couvert. La nécessité de rallumer le chauffage dans les habitations s'est imposée. Un vent piquant souffle en rafales, arrachant les feuilles des arbres qui viennent joncher le sol par milliers. La nuit tombe de plus en plus tôt, surtout depuis le changement d'heure fin septembre. À pas lents, mais sûrs, on avance vers l'hiver, saison qui pousse certains à la mélancolie et les plus fragiles à la déprime.

Éliane tourne en rond dans son pavillon. Elle n'a ni le goût de sortir ni l'envie de s'occuper chez elle. Assaillie en permanence par toutes sortes de souvenirs, elle est incapable de se concentrer sur autre chose que les soucis qui la minent. Depuis ce jour de mai où sa fille n'est pas rentrée à la maison, les catastrophes se sont succédé pareilles à un tsunami arrachant tout sur son passage. Qui aurait pu prévoir cette descente aux enfers ? Ce bien-être familial, qu'elle croyait définitivement acquis, s'est mué en cataclysme abyssal. Sa fille, qui était toute sa joie de vivre, a subitement disparu sans que rien ne laisse entrevoir ce qu'il est advenu d'elle. Son mari, qu'elle vénérait comme un dieu, est soupçonné d'on ne sait trop quelle responsabilité dans ce malheur et a été jeté en prison. Il y a peu, elle aurait considéré impensables pareils soupçons à son égard. Elle l'aurait défendu bec et ongle, convaincue qu'il était impossible qu'il ait pu toucher à un cheveu de leur fille. Elle le connaissait trop bien. Elle savait tout à son sujet... Mais ses certitudes ont été mises à mal. Il l'a trahie. Son fidèle mari, pétri de principes moraux a une maîtresse. Il l'a avoué. L'inconcevable est devenu réalité. Il ne lui reste plus que des doutes. Elle ne sait plus quoi penser. Ainsi son couple a explosé. Elle s'en attribue la responsabilité puisque c'est elle qui a demandé le divorce, mais pouvait-elle agir autrement ? La confiance rompue ne saurait être reconstruite. De cela elle est convaincue. À quoi bon, dans ces conditions, vivre dans l'hypocrisie et feindre de n'être pas meurtrie ?

Sa fille aussi l'a trahie. Elle l'imaginait toute fraîche, innocente et voilà qu'on lui a révélé qu'elle était enceinte. Pouvait-elle seulement le croire ? Comment cela était-il arrivé ? Elle ne s'était doutée de rien. La connaissait-elle si mal ? Certes, elle lui pardonnerait aisément cet écart si elle revenait, mais peut-elle encore espérer ?

Vingt années de quiétude soigneusement construites ont, en un rien de temps, été englouties. Il n'en reste plus rien.

Comment s'arracher à ce cauchemar ? Elle a bien tenté de se réfugier dans la lecture : peine perdue. Sitôt qu'elle entreprend un livre, son attention est détournée par des pensées concernant Mélanie, Jean-Louis, les enquêtes de police, la procédure de divorce, les entretiens avec son avocat, les démarches de toutes sortes qui l'attendent et bien d'autres idées encore. Tout prend des proportions démesurées. Ses yeux parcourent les lignes de l'ouvrage, mais son esprit ne suit pas. Il vagabonde. Lorsqu'elle s'apprête à tourner la page, elle réalise qu'elle n'a rien enregistré de ce qui est écrit, n'en a rien retenu, n'a même rien compris et qu'elle serait bien incapable de dire de quoi il est question. Elle reprend tout à zéro, bien décidée à fixer son attention, mais les soucis sont plus forts, ils reviennent à l'assaut et elle cède une fois de plus. Dix fois le même processus se répète sans qu'elle parvienne à le maîtriser, à le repousser. Aussi finit-elle par abandonner.

Elle a tout essayé : polars, romans à l'eau de rose, romans historiques, psychologiques, ouvrages documentaires… Rien ne met un frein à son vagabondage intellectuel.

Elle passe aussi des heures devant la télévision, mais le résultat est identique. S'agissant de fictions, si à brûle-pourpoint on lui demandait de quoi il est question ou ce qui vient de se passer, elle serait bien en peine de répondre. Idem pour tout ce qui est documentaires, débats… À vrai dire, plus rien ne l'intéresse.

Il n'est pas rare qu'elle s'endorme dans son fauteuil et, toujours, ce qui la réveille est une image de Mélanie ou de Jean-Louis.

Elle ne fait rien, à proprement parler, de ses journées, ce qui ne l'empêche pas d'être épuisée.

Par contre, une fois couchée, elle ne trouve plus le sommeil et, si elle finit par sombrer, c'est rarement pour longtemps. Elle jette un coup d'œil aux chiffres lumineux du radio-réveil pour constater qu'il y a à peine plus d'une heure qu'elle s'est mise au lit. La nuit promet d'être longue. Elle sait qu'elle ne se rendormira pas avant au moins deux ou trois heures et va cogiter tout ce temps. Toujours les mêmes idées qui reviennent. Comment en sortir ?

Son médecin lui a prescrit un anxiolytique. Au début, elle prenait un comprimé chaque soir, mais comme c'était insuffisant, elle est passée à deux. Même cette dose s'avère inefficace. L'angoisse est la plus forte. Les médicaments n'en viennent pas à bout.

Ce soir encore, elle ne peut que dresser ce triste constat. Elle s'est couchée vers vingt-deux heures trente et il n'est pas encore minuit que déjà elle est réveillée à la suite d'un affreux rêve.

Aux abords du pont de Créteil, un homme l'a poussée dans la Marne. Saisie par l'eau froide, elle tente de sortir de la rivière, de remonter sur la rive, mais l'homme la repousse. Mélanie essaie de sauver sa mère. Pas facile, car elle n'a qu'une seule main libre, l'autre étant occupée à retenir le landau dans lequel hurle un bébé. Éliane résiste autant qu'elle peut, bloque sa respiration pour que l'eau n'entre pas dans ses poumons. Son agresseur s'acharne et sa fille ne parvient pas à lui apporter l'aide nécessaire pour la sortir de là. Elle tente de crier, d'appeler au secours, mais aucun son ne sort de sa bouche. Elle se débat, s'époumone... puis soudain se réveille en sursaut. Elle est en nage, reprend avec difficulté sa respiration.

Bien que parfaitement réveillée, elle ne parvient pas à effacer ces visions d'horreur de son esprit. Elle revoit la scène avec précision, avec tout ce qu'elle a d'invraisemblable, d'incohérent. Mentalement, elle tente de refaire l'histoire, au moins de la rectifier, de muer le cauchemar en rêve, mais elle n'y parvient pas. Tout cela est idiot. Il faut penser à autre chose. Impossible. Elle tourne et se retourne dans son lit. Dormir. Dormir. Elle voudrait dormir. Elle jette régulièrement un coup d'œil au radio-réveil qui égrène heures et minutes interminablement. Cela ne finira donc jamais ?

    Excédée, elle finit par se lever, se dirige vers la salle de bain, remplit un verre d'eau puis s'empare de la boîte d'*imovane* dont elle extrait du blister les comprimés. Combien en prend-elle ? Elle ne se pose même pas la question. Seule certitude, elle dépasse de très loin la dose tolérable pour l'organisme. Elle fourre en bloc les médicaments dans sa bouche et boit le verre d'eau entier pour avaler. Le goût est abominablement amer. Elle le connaît trop bien. Pour tenter de l'amoindrir, elle ingurgite plusieurs verres d'eau. Elle a presque envie de vomir tellement cette amertume est détestable. Sûr que cette fois elle va dormir. Elle retourne se coucher.

26

Jeudi 29 octobre 1981

Maria est arrivée vers neuf heures au domicile du couple Lambert.

Maria, c'est la femme de ménage : une Portugaise d'une quarantaine d'années, courageuse et sérieuse qui vient les mardis, jeudis et samedis et qui, trois heures durant, n'économise pas sa peine. Elle jouit de l'entière confiance de ses employeurs et possède même un double des clés pour les jours où madame s'absente. Lorsqu'il en est ainsi, Éliane inscrit ses consignes sur un bloc qu'elle dépose sur la table de la cuisine.

Ce jeudi, la porte du pavillon étant fermée, Maria ne s'est pas posé de question et elle a pénétré grâce au trousseau dont elle dispose. Dans le placard de l'entrée, elle a accroché son manteau comme d'habitude puis enfilé son tablier.

Dans la cuisine, elle n'a pas trouvé pas la liste des tâches à accomplir. Madame a dû oublier. Sans doute est-elle partie précipitamment. Qu'importe, Maria connaît suffisamment la maison pour ne pas être prise au dépourvu. Elle entreprend de passer l'aspirateur dans les pièces du rez-de-chaussée.

Ce n'est qu'au bout d'une bonne heure d'activité

qu'elle monte à l'étage et entre dans la chambre des « patrons ». Stupeur : Éliane est allongée dans son lit. Son teint est d'une pâleur effrayante, d'une couleur indéfinissable : un peu jaunâtre, un peu grisâtre aussi.

— Madame, appelle-t-elle à plusieurs reprises.

À vrai dire, sa réaction est machinale, car elle a tout de suite réalisé que la personne ainsi étendue n'est pas seulement endormie, mais bien dans l'incapacité de réagir. Est-elle évanouie ? Dans un état comateux ? Elle n'est tout de même pas morte ?

Maria ne cherche pas à approfondir. Elle sait seulement que la situation est grave et qu'il convient de réagir vite. Elle s'empare du téléphone pour appeler police secours.

Immédiatement alertée, l'ambulance du SAMU arrive en moins d'un quart d'heure. Le médecin ne peut que constater le décès. Il ne tente même pas une réanimation qu'il sait parfaitement inutile. Il est beaucoup trop tard.

L'autopsie pratiquée ultérieurement établira formellement que la patiente est décédée dans la nuit du 27 au 28 octobre, suite à une overdose d'*imovane*.

27

Mardi 9 mai 2006

Hier, les amoureux ont longuement conversé grâce à *skype*. Lilian était tout heureux d'annoncer à Alison son retour à New York pour le vendredi 19 mai.
— Est-ce bien sûr, demanda-t-elle ?
— J'ai mon billet d'avion.
Cette nouvelle l'a rendue folle de joie.
— Tu vois que tout finit par arriver, triompha le garçon.
— Je peux le dire à Walter ?
— Tu peux.
— Il compte beaucoup sur toi, tu sais. Il t'a vraiment à la bonne.
— Et toi ?
— Je crois qu'il m'aime bien aussi.
— Je voulais dire : toi aussi tu m'as à la bonne ?
— Ça dépend, minauda-t-elle... Je ne t'aime pas lorsque tu es loin !
— Tu sais pourtant que je ne resterai pas très longtemps à New York.
— Alors je ne t'aimerai plus.
Ils bavardèrent plus d'une heure dans la joie et la bonne humeur.

— Walter souhaite que tu rejoignes Santiago début juillet.

L'information suscita l'enthousiasme du garçon (enfin une vraie responsabilité) pondéré malgré tout par la perspective d'une nouvelle séparation.

Il chassa aussitôt cette source de mélancolie. « Jouir de chaque instant » est dorénavant sa devise. Le présent, ce sont leurs retrouvailles programmées dans une dizaine de jours. Ô le bonheur de serrer de nouveau Alison dans ses bras !

Cela viendra vite, très vite. Vendredi prochain : déménagement. Il quittera définitivement, non sans un pincement au cœur, la maison de son enfance et de sa jeunesse. Il fermera pour la dernière fois la porte du petit pavillon où il a accumulé tant de souvenirs avec Maman, qui est partie comme ça, presque sans prévenir, il y a quelques semaines.

La vie procure des plaisirs merveilleux, hélas rarement sans contrepartie. Elle est ainsi, il faut l'accepter. Ne surtout pas céder à la nostalgie, mais embrasser au contraire l'avenir qui s'ouvre devant soi avec tout ce qu'il a de prometteur.

Après restitution des clés au propriétaire, il logera chez Nanou jusqu'à son départ pour l'Amérique. Il ne voulait pas lui imposer sa présence, mais elle a tellement insisté avec Jacques qu'il n'a pu refuser de crainte de les heurter. Quand reviendra-t-il en France ? Il l'ignore et refuse de se poser la question. Il a choisi de regarder loin devant, de prendre la vie comme une aventure et l'imprévu en fait partie.

Le déménagement terminé, il restera tout juste une semaine avant qu'il ne s'envole vers une vie nouvelle.

Présentement, il ne manque pas d'occupation,

alternant préparatifs et recherches concernant la disparition de cette jeune fille il y a vingt-cinq ans. Il aimerait bien lever le voile sur ce mystère. Y parviendra-t-il ?

Il appelle Maître Ménard. La secrétaire a bien fait la commission ce qui le dispense d'un fastidieux discours d'introduction.

— Pardonnez-moi, dit l'avocat, mais j'ai peu de temps à vous consacrer. J'ai une grosse affaire qui vient devant le tribunal après-demain et vous comprendrez qu'il est indispensable que je me replonge sérieusement et minutieusement dans le dossier de mon client. Après quelques jours de détente, je dois raccrocher les wagons.

— Je suppose que vous vous souvenez de l'affaire Lambert : cet homme accusé suite de la disparition de sa fille ?

— Naturellement. Si ce n'est pas un de mes meilleurs souvenirs de défenseur, c'est un procès que je ne peux pas oublier.

— Jean-Louis Lambert a donc été jugé ?

— Oui. Il a été traduit devant la cour d'assises de Créteil en novembre 1983. Son procès a duré trois ou quatre jours, je ne sais plus exactement.

— L'instruction avait-elle permis d'apprendre du nouveau sur cette mystérieuse disparition ?

— Rien du tout. La cour a jugé une affaire de disparition non élucidée, doublée d'un supposé meurtre sans cadavre, tout cela reposant sur des éléments d'accusation dont le moins qu'on puisse dire est qu'ils étaient faiblards, pour ne pas dire inexistants.

— Comment se fait-il que Jean-Louis Lambert n'ait pas bénéficié d'un non-lieu ?

— Ça, mon cher ami, ce n'est malheureusement

pas exceptionnel. Notre système judiciaire fonctionne ainsi. Dans ce genre d'affaires, fortement médiatisées, le public est avide de coupable et, sans vouloir vous vexer, vous qui êtes journaliste, je dirais que la presse n'est pas étrangère à cette exigence. D'autre part, l'humilité n'étant pas la qualité première de nos magistrats, admettre qu'ils ont pu se tromper n'est pas dans l'esprit de la plupart d'entre eux. Vous savez, près de trente ans d'expérience du barreau m'ont appris que, lorsqu'une affaire est mal partie, il est extrêmement difficile, pour ne pas dire impossible, de redresser la situation. Le fameux engrenage. Ce fut, malheureusement, le cas pour Jean-Louis Lambert. Certes, il y avait eu quelques points d'ombre dans ses premières déclarations, mais il s'en est expliqué et, de là à en faire un meurtrier potentiel, qui plus est de sa propre fille, il y avait une fameuse marge. Le juge d'instruction s'est laissé influencer par l'enquête policière préalable qui présentait une version qu'il n'a pas su remettre en question en prenant le recul nécessaire. Classique.

— Il ne l'a tout de même pas renvoyé devant la cour d'assises sans un dossier conséquent ?

— Tout dépend de ce qu'on appelle conséquent. Un faisceau de présomptions, un personnage assez peu charismatique constituent-ils des éléments suffisants pour le soupçonner du pire ? Ce n'est pas mon avis, mais je crois connaître assez bien la façon de raisonner des magistrats instructeurs et je n'ai pas été surpris. Prononcer un non-lieu est une lourde responsabilité. C'est admettre qu'on n'a pas été capable de faire la lumière. C'est aussi prendre le risque de remettre un coupable en liberté. Dans le doute, on opte pour le renvoi devant la cour d'assise et... que les jurés se débrouillent. Sûr qu'il y a là un côté Ponce Pilate, mais...

— Comment le procès s'est-il déroulé ?

— Mal, c'est le moins que je puisse dire. Mon client était méconnaissable. Après plus de deux ans d'internement, il avait maigri de vingt kilos et n'avait plus aucun ressort. Il a donné l'impression d'assister aux débats comme si tout cela ne le concernait pas. Cette apparente indifférence a probablement pesé sur le verdict. Que voulez-vous ? Les juges, qu'ils soient magistrats professionnels ou jurés populaires, réagissent toujours de la même manière. On leur demande de se prononcer sur des faits, mais l'accusé qu'ils ont face à eux les fascine à tel point que sa personnalité, plus que tout, oriente leur décision. Le paradoxe est que si l'accusé ne réagit pas, on en tire inévitablement la conclusion qu'il est coupable. Nous avons tous entendu cent fois : « moi, monsieur, si j'étais accusé injustement de tels faits, je protesterais, je me révolterais ». Mais si l'accusé réagit, proteste, hurle à l'injustice, on en tire exactement la même conclusion. « Pourquoi cette défense agressive ? S'il n'a rien à se reprocher, il n'a pas lieu de se mettre en colère ? » Voyez-vous, notre justice n'est peut-être pas la plus mauvaise, mais elle est humaine et donc très imparfaite.

— Finalement quelle a été la sentence ?

— Douze ans de réclusion criminelle assortis d'une peine de sûreté de huit ans. Le type de décision qui s'efforce de ménager la chèvre et le chou et se révèle finalement parfaitement inique.

— Que voulez-vous dire ?

— Supposons que Lambert ait été coupable, qu'il ait effectivement assassiné sa fille dont il aurait fait disparaître le corps. Considérez-vous que douze ans d'emprisonnement soient une peine à la hauteur du forfait ? En ce qui me concerne, je n'hésiterais pas à dire que cela mérite la perpétuité. Par contre, s'il est innocent, douze ans de privation de liberté, n'est-ce pas insupportable, inadmissible ?

— Je suppose que, chargé de sa défense, vous allez me dire que vous étiez convaincu de son innocence ? N'avez-vous jamais douté ?

— Ce n'est pas parce que j'étais son défenseur, mais je peux vous affirmer avoir acquis la certitude, sans la moindre réserve, qu'il était innocent. J'ai connu, malheureusement, dans l'exercice de mon métier, bon nombre de coupables. J'en ai rencontré de particulièrement roués : menteurs, dissimulateurs, affabulateurs, manipulateurs. Je ne crois pas une seconde que Lambert ait appartenu à l'une de ces catégories. C'était un homme dur, autoritaire, pas toujours sympathique, certains le prétendaient violent, mais susceptible d'attenter à la vie de quelqu'un, qui plus est sa fille ? Non. J'ai eu des dizaines, si pas des centaines, d'entretiens avec lui. Je suis prêt à jurer, ma tête sur le billot, qu'il est impensable que cet homme ait été un meurtrier.

— Savez-vous à quelle date il a été libéré ?

— Compte tenu de la préventive et de sa bonne conduite en prison, je crois me souvenir qu'il est sorti en quatre-vingt-onze ou quatre-vingt-douze. Je ne saurais pas être plus précis.

— Savez-vous ce qu'il est devenu ?

— C'était un homme ruiné dans tous les sens du terme. Songez qu'il avait perdu sa fille (au sujet de laquelle on l'a accusé du pire) et aussi sa femme. Au plan matériel, il avait été obligé de se délester de son entreprise, de vendre son pavillon, bref d'abandonner tout ce qu'il avait construit, à force de travail et de volonté, en une vingtaine d'années. Essayez de vous relever après un tel séisme.

— S'en est-il sorti ?

— J'ignore. J'ai très vite compris qu'il ne souhaitait plus entretenir de relation, ni avec moi ni avec tous ceux qui avaient été mêlés de près ou de loin à sa lamentable histoire. Je peux le comprendre. Il avait une effective fierté qu'il a conservée au pire de l'adversité. Demander de l'aide, sous quelque forme que ce soit, aurait été pour lui une forme de déchéance. Il refusait toute assistance, fût-elle seulement morale. J'ai respecté sa volonté et l'ai, de ce fait, perdu de vue.

La conversation en resta là. Lilian n'avait plus qu'à tenter de retrouver, dans la presse de l'époque, les détails sur le procès de cet homme, l'état d'esprit dans lequel il s'était déroulé et l'opinion des observateurs neutres.

Demain il retournera à la bibliothèque François Mitterrand.

28

Mercredi 10 mai 2006

Les ultimes rangements avancent, les cartons scellés par les larges rubans collants gris s'entassent dans le salon. Lilian ne conserve plus à disposition que le minimum indispensable. Sa chambre ressemble de plus en plus à une cellule monacale. Il a démonté le lit afin de le rendre plus aisément transportable et aussi pour économiser de la place dans le local du garde-meuble. Il dort à présent sur un matelas posé à même le sol. À côté, un tabouret sur lequel sont posés une lampe de chevet et un radio-réveil fait office de table de nuit.

Chaque jour son environnement devient plus sommaire, mais qu'importe, tout doit être prêt pour vendredi. Ça le sera.

Ce mercredi, en fin de matinée, comme chaque fois qu'il va à Paris, il prend la route de Créteil afin de stationner sa voiture au parking du centre commercial et emprunter le métro.

Dans un des « sandwiches-bar », il avale en vitesse un casse-croûte en buvant une canette de Coca-Cola. Après quoi il s'engouffre dans la station Créteil-préfecture.

Une quarantaine de minutes plus tard, il arrive à

la bibliothèque François-Mitterrand où il oriente naturellement ses recherches vers la presse du mois de novembre 1983.

Le parisien libéré et *France-soir* sont les seuls quotidiens à avoir titré à la une sur le procès qui s'ouvre. Les autres ont relégué l'événement en pages intérieures. Ce n'est que pour relater le verdict qu'ils lui donneront une place primordiale.

29

Lundi 14 novembre 1983

Dès neuf heures, la salle des pas perdus du palais de justice de Créteil connaît une agitation inhabituelle. Un brouhaha emplit l'immense hall. Une importante queue s'est formée devant l'entrée de la cour d'assises qui, de toute évidence, sera trop petite pour accueillir tous ceux qui souhaiteraient assister au procès. Nombreux sont les journalistes présents. Ils ne se font guère d'illusion quant à l'éventualité de voir enfin la lumière surgir à propos d'une affaire qui demeure encore très mystérieuse, car, s'il arrive que les débats conduisent à la révélation d'une vérité que l'instruction n'a pu faire surgir, c'est un phénomène assez exceptionnel.

Peu après dix heures, les trois magistrats professionnels prennent place au centre de l'immense table qui domine la salle. La présidente, une femme d'une cinquantaine d'années, déclare la séance ouverte et ordonne de faire entrer l'accusé.

Ceux qui l'avaient connu avant le drame de la disparition de sa fille ont du mal à le reconnaître. Il se tient légèrement voûté. Son visage, de plus en plus marqué, et ses cheveux grisonnants le vieillissent prématurément. Vêtu d'un costume sombre, trop large en raison de son amaigrissement, il conserve une prestance naturelle même s'il ne se dégage plus de sa personne l'autorité qui la caractérisait autrefois.

S'ensuit le rituel du tirage au sort des jurés et, lorsqu'enfin tout est en place, prestations de serment et autres formalités accomplies, on entre dans le vif du sujet avec la lecture de l'acte d'accusation. Celle-ci dure trois bons quarts d'heure, reprenant en détail les éléments collectés par la police et le magistrat instructeur.

Assis dans le box des accusés, protégé par une vitre, Jean-Louis assiste à tout cela sans broncher. Il ne manifeste aucun sentiment, un peu comme s'il n'était pas concerné.

La présidente procède ensuite à l'interrogatoire du prévenu. Il répond posément à toutes ses questions ne cherchant nullement à fuir, mais sans réelle conviction.

La disparition de sa fille ? Il ne comprend pas. Ce fut un coup de tonnerre. L'impensable. Un fait divers qui n'arrive qu'aux autres jusqu'au jour où... Son éventuelle implication ? Une hypothèse ridicule. Il ne comprend pas. Elle était notre raison de vivre, notre fierté (il dit nous, car il inclut évidemment Éliane) alors, penser qu'il aurait pu s'en prendre à elle...

— Le fait qu'à tout juste seize ans elle soit tombée enceinte n'était pas anodin, souligne la présidente.

— J'ai encore du mal à le croire, répond-il.

— Nous y reviendrons.

Le décès de sa femme ? Autre cataclysme. Comment le malheur a-t-il pu s'acharner sur lui à ce point ? Il se pose en victime.

— Nous avions connu jusque-là l'insouciance sans

même en avoir vraiment conscience. Cela nous semblait naturel et puis, subitement, tout s'est effondré. Comment ? Pourquoi ? Incompréhensible.

— Votre épouse avait introduit une demande en divorce.

— Elle n'était plus elle-même. La disparition de sa fille l'avait chamboulée.

Il a dit « sa » fille et non pas « notre » fille, mais faut-il en tirer une conclusion ?

— En apparence, la raison de sa demande était liée à la découverte de votre infidélité ?

— Peut-être. Je ne nie pas mes torts, mais je demeure convaincu que nous pouvions sauver notre couple. Je le souhaitais sincèrement et regrette infiniment ce qui, je le reconnais, fut une erreur grave de ma part et qu'Éliane a pu percevoir comme un coup de canif dans le contrat. Je ne me le pardonne pas. Elle était et restera la femme de ma vie.

— Pensez-vous qu'elle s'est suicidée ou croyez-vous au caractère accidentel de sa mort ?

— Je ne sais pas. Elle était fragile. La disparition de Mélanie lui aura été fatale.

Le ton est monocorde. Il s'explique avec beaucoup de clarté et une évidente logique. Une logique trop parfaite qui peut laisser penser que tout cela a été soigneusement préparé avec son défenseur, mais n'est guère empreint de sincérité. Ce qui marque le plus ceux qui l'écoutent c'est la froideur qui ressort de son attitude. Comment ce type peut-il manifester si peu d'émotion ? Sa fille a disparu depuis plus de deux ans, sa femme a mis fin à ses jours et il semble considérer la situation avec la distance d'un reporter relatant un quelconque fait divers.

30

Mardi 15 novembre 1983

La seconde journée du procès de Jean-Louis est consacrée à l'audition des témoins.

Premier d'entre eux : l'inspecteur Favier qui dirigea l'enquête préliminaire. Il narre, avec force détails et grande conviction, ses investigations. Maître Ménart, défenseur de l'accusé, tente bien, par quelques questions incisives, de le faire vaciller, mais l'homme ne s'en laisse pas conter.

Un crime sans cadavre ? Ce n'est malheureusement pas une exception. Des moyens énormes ont été mis en œuvre pour retrouver la jeune fille, mais peine perdue. Là encore, le cas n'est pas unique. Les annales judiciaires regorgent d'événements semblables. Le sondage de la Marne par des plongeurs expérimentés n'a rien donné. Faut-il s'en étonner ? Le périmètre des recherches était inévitablement limité. On ne pouvait tout de même pas envisager de draguer le cours d'eau sur des dizaines de kilomètres d'autant plus que cet affluent de la Seine, qui enserre la ville de Saint-Maur-des-Fossés dans une boucle, est particulièrement large, profond, et se divise par endroit en de nombreux bras, aux abords de Créteil en particulier. Et puis, l'utilisation de ce moyen pour faire disparaître un cadavre n'était qu'une éventualité. L'idée fut privilégiée en raison de la configuration géographique, mais ce n'était après tout qu'une hypothèse.

La rencontre inopinée de Lambert avec sa fille sortant du centre de planning familial quelques jours avant le drame, curieusement il l'a oubliée. Ce qu'il a fait, entre dix-sept et dix-neuf heures le 28 avril 1981 : il ne sait plus. Déclarer la disparition de sa fille à la police, contrairement à sa femme, il ne l'a pas estimé urgent. C'est elle qu'il a chargée de cette démarche, lui jugeant plus important de se rendre à son bureau. Combien de temps est-il demeuré à l'agence ? Il est dans l'incapacité de le dire. Ses employés sont unanimes : sa visite fut brève. Il ne leur a pas touché un mot de ce qui se passait, bien que l'événement fût d'importance. Aucun ne l'a trouvé plus fébrile que d'habitude. Ce n'est qu'en fin de matinée qu'il s'est présenté à l'hôtel de police pour compléter les déclarations de son épouse. Qu'a-t-il fait entre temps ? Autre point demeuré obscur.

Tout au long de l'exposé du policier, Jean-Louis demeure passif. On ne sait même pas s'il écoute. Il est immobile dans son box, regard fixe, perdu dans le lointain.

— Souhaitez-vous faire quelque observation, demande la présidente avant de remercier le témoin ?

La question le ramène à la réalité.

— Non, répond-il simplement.

Le flic quitte la barre où il est aussitôt remplacé par un expert psychiatre : le professeur Robert Constant qui a procédé à l'examen psychologique de l'accusé.

Celui-ci décrit Lambert comme un homme intelligent, en apparence solide et sûr de lui. Il a employé, à dessein, les termes « e*n apparence* » et s'en explique immédiatement.

— Le sujet présente une double personnalité. Si, à certains, il peut paraître affable, susciter l'empathie ou même l'admiration, à l'inverse, il se révèle avec d'autres, méprisant, tyrannique, pour ne pas dire cruel ou pour le moins dépourvu d'humanité. Ce sont là les traits du pervers narcissique tel que théorisé par mon confrère Paul-Claude Racamier. Cette pathologie relationnelle est en réalité un mécanisme de défense qui passe par une survalorisation de l'individu aux dépens d'autrui. Le pervers narcissique a, en vérité, une image dévalorisante de lui-même qu'il reporte sur les autres. Il se donne l'apparence d'un être supérieur et ressent un besoin exacerbé d'être admiré. À cette fin, il manipule certains proches en les rabaissant jusqu'à les blesser, mais sans éprouver la moindre culpabilité tant il est égoïste et manque d'inhibition. Il s'estime supérieur et, manipulateur qu'il est, trouve normal d'utiliser les autres aussi bien par nécessité que par plaisir.

— Selon vous, l'accusé appartiendrait à cette catégorie, demande la présidente ?

— Pour être franc, c'est assez complexe. De toute évidence, certains de ses traits de caractère, de ses attitudes dans la vie poussent à le penser. De là à prétendre qu'il aurait atteint le dernier degré de ce type de perversion, il y a un pas que je ne saurais franchir. Il apparaît manifeste que l'éducation qu'il a reçue, et qu'inconsciemment il a reproduite avec sa fille, explique son comportement au quotidien. Élevé avec pour souci numéro un la performance, il fut soumis toute son enfance à des jugements permanents ainsi qu'à la notion de culpabilité érigés comme outils pédagogiques. L'erreur étant assimilée à une faute morale, elle induisait inévitablement chez lui la peur de l'échec, de l'exclusion sociale ou affective, la crainte du ridicule, du qu'en dira-t-on, tous éléments passablement répresseurs.

— En quoi cela est-il susceptible d'expliquer son éventuelle mise en cause dans la disparition de sa fille ?

— J'y viens. Monsieur Lambert est un homme respectable et respecté, coiffé d'une réputation qu'il veut incontestable. Or, il mène une double vie. Il a une maîtresse, mais bien évidemment son épouse l'ignore, tout comme sa fille dont il exige un comportement moral sans faille. Sa vie, en quelque sorte, repose sur une tromperie bien que, pour lui, les apparences comptent plus que tout. Sa réputation est perpétuellement en jeu. Si, par hypothèse, cette fille, brillante élève, parfaitement éduquée, qui fait toute sa fierté - il ne s'en cache pas bien au contraire - se révèle finalement semblable à nombre de ses camarades dont il critique abondamment les carences éducatives, la situation devient intenable. Sa fille, qui n'a que seize ans, serait enceinte et par conséquent susceptible d'être jugée par le voisinage comme une dépravée. Inadmissible !

— Mon client ignorait l'état de sa fille, intervient maître Ménard.

— Il le prétend, mais d'importants doutes subsistent quant à la crédibilité de ses propos. Vous noterez que j'ai volontairement employé le conditionnel.

— Supposons que l'accusé ait bien eu connaissance de la grossesse de sa fille. Cela était-il susceptible de le pousser à commettre le pire : en l'occurrence un meurtre, demande la présidente ?

— Quelles sont les limites du pervers narcissique ?

A priori, il n'en a pas. Je dirai donc pourquoi pas ?

— Considérez-vous que l'accusé soit accessible à une sanction pénale ? En d'autres termes, ses facultés de discernement ont-elles pu être altérées ?

— La réponse est tout à fait claire. Le pervers n'est nullement inconscient du mal qu'il commet. Il s'en moque, ce qui ne l'exonère nullement de sa responsabilité.

La présidente se tourne vers l'avocat général puis vers le banc de la défense :

— Des questions ?

D'un signe, chacun, répond par la négative.

— La cour vous remercie.

Vient le tour de Violaine Pécourt, l'amie de toujours de Mélanie.

La jeune fille, âgée de dix-huit ans, a dorénavant quitté le lycée pour intégrer une préparation à des études de médecine. Elle a de toute évidence gagné en maturité au cours des deux années écoulées, mais garde une évidente fragilité. Il est vrai que la solennité des lieux, le cérémonial lié au fonctionnement de la cour d'assises, ont de quoi impressionner quiconque s'y trouve confronté pour la première fois. Cela ne l'empêche pas de répondre très directement et presque sans hésitation à toutes les questions qui lui sont posées. Elle évoque avec beaucoup d'émotion sa relation avec son amie disparue. Elle relate des faits sans avancer de jugement. Cette attitude modérée rend son témoignage d'autant plus convaincant. Son infinie tristesse est apparente et suscite l'empathie de ceux qui l'écoutent.

La présidente interroge :

— Vous avez rapporté, répondant à l'enquête policière, la crainte exprimée par Mélanie à l'idée que son père apprenne qu'elle était enceinte. Plus qu'une crainte, vous évoquez une véritable peur panique. Je cite vos propos : « Mon père va me tuer ». Selon vous, était-ce façon de parler ou Mélanie le croyait-elle véritablement susceptible d'en venir à pareille extrémité ?

— Comment savoir ? Elle était affolée, ça, je peux l'affirmer. Elle vivait un véritable drame, mais je n'étais pas dans sa tête. Ses mots étaient-ils excessifs ? Pensait-elle vraiment ce qu'elle disait ? Impossible d'être catégorique. Elle avait peur, très peur de la réaction de son père, mais l'imaginait-elle vraiment capable d'attenter à sa vie ? N'exagérait-elle pas ? Je suis incapable de répondre formellement à cette question.

— Comment envisageait-elle l'avenir ? Car elle avait beau retarder l'échéance, la vérité devait finir par éclater.

— Je ne sais pas. Je l'ai vue se refermer sur elle-même. Elle parlait de moins en moins. Elle ne se confiait plus.

— Vous ne la questionniez pas ?

— J'ai essayé, mais elle a mis un coup d'arrêt en me disant que ce n'était pas mes affaires. Je ne souhaitais pas qu'on se fâche. J'ai respecté son silence. C'était ma meilleure amie, j'étais disposée à l'aider à condition qu'elle en éprouve le besoin et en manifeste le désir. Je respectais sa volonté. Notre relation fonctionnait ainsi.

— La cour vous remercie. Si vous n'avez rien de plus à dire, vous pouvez disposer.

Violaine marque un temps. Elle hésite à quitter la barre. Elle ajoute encore :

— Je voudrais insister sur le fait que Mélanie était ma meilleure amie, ma seule vraie amie. Il ne se passe pas de jour sans que je pense à elle. J'ai beaucoup réfléchi depuis sa disparition. Je me suis souvenu à quel point elle avait changé. Si elle gardait le silence sur son état, j'avais conscience qu'il la préoccupait au plus haut point. Par contre elle pouvait se montrer subitement excitée, presque insouciante. Je trouvais cela déroutant. Cherchait-elle à donner le change ? Je n'en sais rien. C'était bizarre.

— Merci, mademoiselle.

L'avocat général intervient :

— Une question, si vous le permettez, avant de vous libérer. Le jour de la disparition de Mélanie, avez-vous perçu un changement dans son comportement ?

— Pas vraiment.

— Autant que vous puissiez vous souvenir, vous a-t-elle semblé plus inquiète ou au contraire plus insouciante, plus « excitée » - comme vous l'avez dit - que les autres jours ?

— Elle était devenue versatile, mais ce jour-là, particulièrement, je ne sais pas.

— J'insiste. Elle ne vous a pas semblé exagérément tourmentée ?

— Pas plus que d'habitude. Je n'en ai pas le souvenir.

Le magistrat se tourne vers la cour :

— Cela ne laisse-t-il pas à penser qu'elle n'avait pas conscience qu'une menace pesait sur elle ? Je n'ai pas d'autre question.

Violaine quitte la barre et va s'asseoir dans le public à côté de sa mère qui se décale légèrement pour lui faire un peu de place. On la sent ébranlée par l'épreuve qu'elle vient de subir, car c'en fut une. Elle s'efforce de retrouver une respiration régulière comme après un effort physique.

Josette Prigent vient témoigner à son tour. Elle

évite soigneusement, en progressant vers la barre, de croiser le regard de son ancien patron assis dans le box des accusés. Celui-ci adopte une attitude identique.

Elle expose sans passion son rôle de numéro deux de l'agence immobilière dirigée par Lambert.

— C'était un homme dynamique, conscient de ses responsabilités, confie-t-elle. Il fallait que ça marche. Il était très exigeant, autant pour lui-même que pour son personnel. Il pouvait avoir des accès de colère qui frisaient la violence : violence verbale j'entends. Le marché de l'immobilier n'est pas toujours facile. Il fallait se démener.

— Que saviez-vous du contrôle fiscal à intervenir ? Vous étiez au courant ?

— Naturellement. Ce n'est jamais une perspective très réjouissante, mais à mon sens il n'y avait pas lieu d'être particulièrement anxieux. Notre comptabilité était en ordre.

— Aviez-vous connaissance de la relation particulière qu'entretenait Jean-Louis Lambert avec votre collègue, madame Renson ?

Elle hésite un peu.

— Si je vous dis que cette question je me la suis posée, cela pourra vous étonner, mais vous savez, quand on connaît la fin d'une histoire on en a une tout autre perception. Compte tenu de ce que j'ai appris, je conviens qu'à la lumière de différents indices, j'aurais pu me douter de ce qu'il en était. Mais cela, je ne l'ai réalisé qu'après. À la vérité, je n'avais pas de raison de soupçonner quoi que ce soit, d'abord parce que cela ne me regardait pas, ensuite parce que j'étais là pour autre chose que pour observer le comportement des uns et des autres. Les cancans ne sont pas ma tasse de thé, si vous me permettez l'expression. Nicole et Monsieur Lambert savaient être discrets. C'était leur secret et je suppose qu'ils tenaient à ce qu'il le reste, ce que je peux comprendre. Au bureau, ils ne laissaient rien paraître.

Son témoignage, bien que très précis et très clair, n'apporte, à vrai dire, guère d'éléments nouveaux susceptibles d'éclairer la cour.

Il en est de même avec Nicole Renson qui témoigne après elle. Elle ne fait pas mystère de sa relation avec son patron qu'elle qualifie de passade. Elle ne l'a jamais visité en prison : au début pour ne pas éveiller les soupçons d'Éliane Lambert, puis après la mort de celle-ci, parce que le temps était passé et qu'au fond elle avait pris conscience du caractère superficiel et éphémère de leur aventure.

L'avocat général intervient :

— Vous avez déclaré, au cours de l'enquête, que Jean-Louis Lambert avait passé la soirée chez vous.

— Exact.

— Vers quelle heure est-il reparti ?

— Entre dix et onze heures, comme d'habitude.

— Pas d'autre question, conclut le représentant du parquet.

*

Absorbé par sa lecture des différents journaux, Lilian n'a pas vu le temps passer. Tous ces articles parcourus le laissent perplexe. Chaque chroniqueur ayant pour tâche de rapporter l'événement a eu, certes, une perception différente de ce qu'il a vu et entendu, mais ce ne sont à vrai dire que nuances. L'impression laissée par tel ou tel témoin, l'attitude de l'accusé, de son défenseur, de l'avocat général, la neutralité presque froide des magistrats du siège, le regard, l'étonnement, l'empathie ou l'antipathie trahies sur le visage de certains jurés, ont été interprétés inégalement par les uns ou les autres, mais le ressenti global est quasi unanime : cet homme n'inspire guère la confiance et assez peu la pitié.

Après le défilé des témoins, la présidente de la cour d'assises clôt les débats et annonce qu'ils reprendront le lendemain. Ce sera le temps du réquisitoire et de la plaidoirie de la défense avant la délibération du jury.

Il est un peu plus de dix-neuf heures ce mercredi 10 mai 2006. La bibliothèque ferme dans moins d'une heure. Inutile de se lancer dans de nouvelles recherches qu'il n'aurait pas le temps d'étudier sérieusement.

Lilian quitte la BNF. Le soleil commence à décliner. L'ombre des immenses tours se couche sur la Seine. À l'opposé, en contre-jour, les édifices parisiens se détachent, noirs sur un ciel rougeoyant. Il se dirige d'un pas alerte vers le métro.

31

Jeudi 11 mai 2006

Hier soir, Alex Dampierre, décidément copain fidèle, a appelé Lilian.

— Dis donc, vieux, tes nouvelles sont rares.

— Je suis pas mal occupé, tu sais. Mon départ approche et j'ai encore un tas d'affaires à liquider : le déménagement du pavillon de ma mère en tête.

— Est-ce à dire que cette fois tu nous quittes définitivement ?

— Définitivement ? Je n'en suis pas certain, mais pour un bon moment quand même. D'abord un mois et demi à New York et après Santiago du Chili pour une durée indéterminée.

Ils échangèrent quelques nouvelles avant qu'Alex en vint au motif essentiel de son appel.

— Tu es toujours plongé dans l'affaire dont tu m'avais parlé : la disparition de cette jeune fille en... 1981, je crois ?

— Plus que jamais. J'ai passé pas mal de temps à consulter les journaux et j'ai appris beaucoup de choses, mais, malheureusement, je crains de ne pas encore approcher la vérité. Que s'est-il réellement passé ? Il semblerait que le père ait assassiné sa fille pour des raisons d'orgueil mal placé. C'est au moins l'avis de la justice, mais aucune preuve n'a été rapportée puisque, si meurtre il y a eu, on n'a pas retrouvé le cadavre. Je compte me rendre encore une fois à la TGB pour consulter les derniers comptes-rendus de son procès ainsi que les commentaires des chroniqueurs judiciaires, mais je crains de ne rien découvrir de très nouveau. Curieuse histoire !

— Tu as pris des notes au moins ?

— Tu penses bien que oui. Tu me connais ? Je ne sais pas très bien à quoi elles me serviront. Si l'envie me vient, j'écrirai peut-être quelque chose là-dessus un de ces jours.

— Figure-toi que j'en ai parlé à plusieurs reprises avec Mariton. Il trouve le sujet intéressant et pense que ça pourrait être traité dans le cadre d'une de ses émissions de télé. Il est prêt à s'investir là-dedans et, si tu es d'accord, à te proposer une collaboration, à condition bien sûr que tu mettes à sa disposition le fruit de tes recherches. Qu'en penses-tu ?

— Tu me prends de court..., mais après tout pourquoi pas ?

— Naturellement, pour approfondir la question, il mettrait son équipe habituelle sur le coup. Qui sait ? Ils découvriront peut-être des choses qui t'intéresseront.

— Possible.

— Il serait bon que vous vous rencontriez, avant ton départ, pour en discuter. On pourrait déjeuner tous les trois prochainement. Je veux dire avant ton départ. Je vois Mariton demain matin. Es-tu d'accord pour que je lui en touche un mot et essaie de caler une date de rencontre ?

— Si tu veux.

— Parfait. Je te rappellerai pour te tenir au courant.

Ils discutèrent encore de choses et d'autres puis, la conversation terminée, Lilian s'adonna à quelques rangements supplémentaires avant d'aller se coucher.

*

Ce matin du 11 mai, il s'est levé en pleine forme. Le temps passe vite, très vite, trop vite penseraient certains, mais pour Lilian ça ne crée pas d'inquiétude. C'est au contraire une source d'excitation. Il aime ce stress qui l'oblige à se dépasser, à se dire que, quels que soient les obstacles, il les vaincra. C'est sans aucun doute une des raisons qui l'a poussé vers le journalisme.

Il doit, en premier lieu, parfaire sa connaissance du procès qui a mené à la condamnation de Jean-Louis Lambert. Cela, c'est son programme d'aujourd'hui. Demain : déménagement. Perspective moins excitante, mais néanmoins indispensable. La semaine prochaine, si tout se passe bien, il rencontrera Mariton. Enfin, vendredi il s'envolera pour New York : début d'une nouvelle vie marquée principalement par ses retrouvailles avec Alison. Les quelques jours de liberté dont il disposera ne seront pas de trop pour mettre en ordre ses notes sur l'affaire Lambert. Il n'est pas mécontent que l'étude approfondie à laquelle il s'est livré par curiosité se révèle utile et soit, en quelque sorte, récompensée. C'était tout à fait inespéré et cela lui procure une effective jouissance.

Tout en se rasant, il écoute, à la radio, les nouvelles du jour. On parle principalement du procès de l'amiante qui débute devant le tribunal correctionnel de Lille.

L'autre grand titre de l'actualité concerne *l'affaire Clearstream*. « L'étau se resserre sur le corbeau

Jean-Louis Gergorin », explique le journaliste. Gergorin est ce responsable d'EADS[9] soupçonné d'être le « corbeau » qui a adressé au juge Van Ruymbeke - chargé de l'instruction sur les rétrocommissions dans la vente de frégates à Taïwan - un courrier contenant des listings informatiques dans lesquels apparaissent des noms de personnalités politiques qui détiendraient, dans la banque luxembourgeoise, des comptes crédités avec de l'argent sale. À un an des élections présidentielles, ça sent les grandes manœuvres politiques.

Subitement, son portable sonne. C'est Alex qui, décidément, ne perd jamais de temps.

— Salut l'Amerloque. J'ai parlé avec Mariton. Il serait d'accord pour une rencontre mercredi prochain. Ça te va ?

— Pas de problème.

— On peut se donner rendez-vous vers midi à France Télévision.

— D'accord.

La conversation ne s'éternise pas. Le garçon doit avoir à faire et Lilian ne tient pas non plus à perdre de temps.

Un peu avant dix heures, il se met en route pour ce qui sera probablement sa dernière visite à la bibliothèque François Mitterrand avant longtemps.

---

[9] European Aeronautic Defence and Space company (groupe industriel européen leader de l'aéronautique et de l'espace)

32

Mercredi 16 novembre 1983

La foule est venue plus nombreuse encore que les journées précédentes pour tenter d'assister à l'ultime round du procès criminel. La quantité de curieux augmente toujours quand sonne l'hallali. Faut-il s'en étonner ?

La Présidente ouvre l'audience avec environ un quart d'heure de retard sur l'horaire programmé.

Dans son box, Jean-Louis Lambert garde toujours le même air absent. Les jurés s'efforcent d'adopter une attitude neutre tout en prenant, pour certains, l'air important qui, pensent-ils, sied à la mission qui leur est confiée. Étonnant de constater comme ce brin de pouvoir - exorbitant certes - dont ils sont subitement investis, change certains de ces hommes et femmes. Il y a ceux qui supportent difficilement la lourde responsabilité qu'un tirage au sort est venu faire peser sur leurs épaules tandis et puis les autres qui se sentent soudain emplis d'une puissance qui fait d'eux de véritables *justiciers*. Le jury populaire offre-t-il une garantie de bonne justice ? Le débat est ouvert depuis des lustres, il n'est pas près d'être refermé.

La parole est donnée à l'avocat général pour ses

réquisitions.

Son plaidoyer va durer plus de deux heures. Pour lui, cela ne fait aucun doute, Jean-Louis Lambert est coupable du meurtre de sa fille et il entend bien en convaincre l'auditoire.

L'expert-psychiatre, qui l'a examiné, a évoqué une perversité malsaine.

Lui fustige le comportement de cet homme. « Il nie, dit-il, il nie tout, mais n'explique rien. Nous l'avons entendu se plaindre d'avoir tout perdu, d'avoir dû liquider son entreprise, revendre son pavillon, et cetera, mais nous a-t-il tellement parlé de sa fille ? C'est pourtant elle, la victime dont il est question aujourd'hui. Et elle n'est pas la seule. Éliane Lambert, aussi, a payé de sa vie. Cela n'empêche pas Jean-Louis Lambert de se poser en principale sinon unique victime ».

Le magistrat est dur, impitoyable, *inhumain* dira Maître Ménart dans sa plaidoirie.

Certain pensent : « il ne l'a pas raté » tandis que d'autres estiment ses jugements de valeur parfaitement indignes pour ne pas dire abominables.

« Au nom de quelle morale, écrira un chroniqueur, le représentant du ministère public se permet-il d'exprimer un avis, qu'il prétend être le bon en stigmatisant l'homme contre lequel il requiert, pour mieux parvenir à ses fins. Il y en a qui pleurent, mais d'autres aussi qui, par orgueil, par dignité ou pour toute autre raison demeurent impassibles. Il y en a qui hurlent leur désarroi tandis que d'autres masquent leur douleur. Qui a le droit de dire que les uns sont meilleurs ou plus mauvais que les autres ? »

Ce n'est évidemment là qu'un avis auquel tout le monde n'adhère pas. La froideur de Jean-Louis Lambert lui vaut d'être sévèrement regardé par beaucoup.

Enfin, l'avocat général élabore un scénario pour tenter de convaincre les jurés.

« Le jour de la disparition de Mélanie, Jean-Louis Lambert a rendez-vous, à quinze heures, avec un futur client dont il doit évaluer le pavillon. De son propre aveu, ce type de démarche n'exige pas plus de deux heures. Il est évident qu'à dix-sept heures l'affaire est bouclée. Retourne-t-il à son agence. Non. Où va-t-il ? Que fait-il ? Pas de réponses à ces questions. Et s'il était allé à la rencontre de sa fille à la sortie du lycée ? L'hypothèse est plus que vraisemblable. Que se passe-t-il alors ? Y a-t-il une discussion houleuse entre le père et la fille ? Y a-t-il seulement une discussion ? Certains penseront que c'est de la fiction, mais ce qui n'est pas de la fiction, c'est qu'à partir de cet instant plus personne n'a revu Mélanie. »

« Souvent, après la classe, elle se rendait chez son amie Violaine Pécourt. Ce ne fut pas le cas ce jour-là. Elle devait par conséquent rentrer chez ses parents. Elle n'est pas rentrée. »

« Que s'est-il passé ? Jean-Louis Lambert a-t-il tué sa fille ? Il ne fera pas d'aveux, mais l'hypothèse est plus que crédible. Mélanie n'a pas pu se volatiliser. À dix-neuf heures, il est de retour à son agence. Ses collaborateurs partis, il se rend chez sa maîtresse Nicole Renson. Il en repart entre vingt-deux et vingt-trois heures, mais ne rentre à son domicile que vers une heure du matin. Qu'a-t-il fait dans l'intervalle ? Bizarre qu'il ne s'en souvienne pas. N'aurait-il pas utilisé ce temps pour faire disparaître le corps de la jeune fille ? »

« Oui, Mesdames et Messieurs les Jurés, tout accuse Jean-Louis Lambert, lance-t-il. Certains objecteront l'insuffisance de preuves formelles, mais un tel faisceau de présomptions ne constitue-t-il pas une preuve ? Songez à cette jeune fille de seize ans qui ne demandait qu'à vivre, qui avait tout l'avenir devant elle, probablement un avenir brillant si l'on en juge par son parcours scolaire, et qui a vu cela réduit à néant pour de pseudo convictions morales. Avant de rendre votre verdict, rappelez-vous les termes de l'article 353 du code de procédure pénale qui dispose : *la loi ne demande pas compte à chacun des juges et jurés des moyens par lesquels ils se sont convaincus... La loi ne leur fait que cette seule question, qui renferme toute la mesure de leurs devoirs : avez-vous une intime conviction ?* Mon intime conviction à moi, est que, personne n'avait le droit de voler la vie de Mélanie. »

Il réclame quinze ans de réclusion criminelle à l'encontre de l'accusé.

Jean-Louis garde les yeux rivés au sol. Pas un muscle de son visage ne se contracte. Que se passe-t-il dans sa tête ?

Sur les bancs du public, Violaine est en larmes. Sa mère se serre un peu plus contre elle pour bien lui faire sentir qu'elle n'est pas seule.

Il est presque midi et demi. La présidente suspend l'audience qui reprendra vers quatorze heures trente.

Une rude tâche attend Maître Ménart. Convaincre la cour de l'innocence de son client ne sera pas aisé, mais il veut croire que tout est encore possible. Dès le début de sa prise de parole, il s'y attelle avec conviction et méticulosité.

L'essentiel de sa plaidoirie est naturellement fondé sur l'absence d'éléments matériels ? Tout n'est que suppositions, soutient-il. Aucune preuve n'est rapportée par l'accusation. Il se plaint d'une instruction menée, selon lui, uniquement à charge.

« L'émotion, bien légitime, provoquée par la disparition d'une jeune fille de seize ans, clame-t-il, a fait oublier, à ceux chargés de rechercher la vérité, les règles élémentaires qui doivent guider leur action. Ne jamais se laisser emporter par des convictions personnelles, mais faire preuve de réserve, garder en permanence un esprit critique. Les pressions journalistiques décuplent la curiosité populaire. Cela pousse les enquêteurs, des policiers au juge d'instruction, à vouloir, quel qu'en soit le prix, obtenir un résultat au point d'inconsciemment dévier de leur mission. Ils ne cherchent plus la vérité, ils cherchent un coupable. Alors foin de l'instruction à décharge. Mais dans quel monde vivons-nous ? »

Longuement, il développe des arguments qui touchent plus à la déontologie judiciaire qu'au cas concret qu'il est chargé de défendre.

C'est le second axe de sa plaidoirie. Point par point il démonte les éléments de l'accusation, soulignant leur fragilité compte tenu de l'absence totale de certitudes. Il brandit le spectre de l'erreur judiciaire.

Il s'en prend enfin aux réquisitions du ministère public.

« Monsieur l'avocat général a réclamé une peine de quinze ans. Ne faut-il pas y voir une perplexité masquée quant à la culpabilité de mon client ? Car enfin, regardons les choses en face. L'homme que vous avez devant vous est accusé de meurtre et pas de n'importe quel meurtre. De *filicide*, c'est-à-dire du meurtre de son propre enfant, ce qui constitue évidemment une circonstance aggravante. Pourquoi, dans ces conditions, ne pas avoir réclamé la peine maximum de réclusion à perpétuité ? Monsieur l'Avocat général n'a pas osé, car il sait parfaitement qu'il y a plus qu'un doute quant à la culpabilité de Jean-Louis Lambert.

« Mesdames et Messieurs de la cour, un principe essentiel de notre droit, seule garantie d'une bonne justice, doit commander votre jugement : le doute doit toujours bénéficier à l'accusé. »

Il est un peu plus de dix-sept heures. Les dés sont jetés. La cour se retire pour délibérer.

Elle est de retour après vingt heures. Lambert est condamné à douze ans de réclusion assortie d'une peine de sûreté de huit ans, un verdict qui laisse à tous un goût amer. Ce n'est pas cher payé pour le meurtre de sa fille songent tous ceux convaincus de sa culpabilité tandis que ses partisans hurlent à l'injustice.

33

Mercredi 17 mai 2006

Depuis samedi dernier, Lilian dort chez Jacques et Françoise. Nanou, comme il l'appelle toujours, l'a installé dans une chambre à l'étage où dorment habituellement son fils aîné et sa belle-fille lorsqu'ils viennent passer quelques jours en région parisienne.

Le déménagement n'a pas posé de problème. Il est vrai qu'il avait été soigneusement préparé, si bien qu'avant dix-sept heures tout était terminé.

Après le départ de Lilian et des déménageurs en direction du garde-meuble, Nanou avait passé l'aspirateur dans toutes les pièces ainsi que la serpillière sur les carrelages.

Le garçon revint en fin d'après-midi pour une inspection finale. Évidemment, tout était propre et clair. Cette ultime visite n'était qu'un prétexte pour se retrouver une dernière fois dans les lieux où il avait grandi et qui avaient marqué son enfance de manière indélébile.

Il lui sembla que ce pavillon, où il avait accumulé tant de souvenirs, avait soudain perdu son âme. Envolés à tout jamais les cris des copains qui venaient jouer le mercredi après-midi dans le jardin. Finis les rires ou les instants de tendresse partagés avec

Maman. Une page ne venait pas seulement d'être tournée, elle avait été bel et bien déchirée et l'on ne pourrait plus y revenir.

Eut-il envie de pleurer ? Pas vraiment, mais il avait le cœur lourd. On ne tourne pas impunément le dos à tout un pan de sa vie. Longtemps il demeura prostré, assis sur une marche de l'escalier qui conduisait à l'étage. Il ne parvenait pas à se convaincre que cette fois, tout était fini.

Pas question de se laisser abattre. La nostalgie est mauvaise conseillère, songea-t-il. Il faut regarder loin devant. Les projets ne manquent pas et dans moins d'une semaine il sera à New York.

Il se dressa, à nouveau plein d'énergie. À peine jeta-t-il un regard vers l'intérieur avant de fermer la porte d'entrée à double tour. Il boucla, avec la même apparente indifférence, la grille qui donnait sur la rue puis décida d'aller faire quelques pas dans les environs histoire de se détendre.

Le soleil était encore assez haut dans le ciel. Dans à peine plus d'un mois, on aborderait les jours les plus longs ? La température était douce. Tout incitait à chasser la mélancolie. Il se dirigea vers le bois de la Grange, ou plus précisément la forêt domaniale de la Grange, cernée par les communes de Limeil-Brévannes, Villeneuve-Saint-Georges, Yerres, et Boissy-Saint-Léger, entre autres. Combien de fois avait-il parcouru ses allées bien tracées, à pied, à vélo, seul, avec Maman ou avec des copains ? Il les connaissait par cœur. À l'automne, il s'était aventuré dans les taillis avec Jacques pour récolter des champignons. Le mari de Nanou l'avait initié à la mycologie. À défaut d'être devenu un grand spécialiste, il savait au moins reconnaître, aujourd'hui, quelques espèces sans risque d'erreur. Nombre de souvenirs revenaient ainsi.

Il marcha deux bonnes heures, sans souci du temps qui passe, avant de se rendre chez Françoise et Jacques qui l'attendaient pour dîner.

Lundi matin, il revint une dernière fois au pavillon pour effectuer, avec le propriétaire, l'état des lieux de sortie et lui restituer les clés. L'affaire fut expédiée en une vingtaine de minutes. Cette fois, il fut tout à fait clair que sa vie à Limeil-Brévannes appartenait dorénavant au passé.

Chaque jour, il passa de longues heures à classer journaux, photocopies d'articles, notes, diverses, accumulés durant plusieurs semaines, au sujet de l'affaire Mélanie Lambert. Il entreprit de rédiger un rapport, qu'il voulait exhaustif, sur tout ce qu'il avait appris. Il tenait absolument à remettre à Mariton, une fois ses recherches achevées, un travail sérieux, clair, précis et détaillé.

Ce mercredi, il se rendit, comme convenu, au siège de France télévision où il retrouva vers midi Alex et Jacques Mariton sur l'esplanade Henri de France. Tous trois se dirigèrent vers une brasserie située non loin de là.

Ils prirent leur temps, à table, pour discuter de leur projet. Mariton se montra particulièrement intéressé par l'exposé que Lilian.

— Tu as fait du bon boulot. Décidément, c'est une bonne promotion que celle dont vous êtes issus déclara-t-il, s'adressant aux deux jeunes.

— La meilleure, tu veux dire, répliqua Alex en forme de boutade.

La discussion porta ensuite sur les modalités de leur partenariat. Le rédacteur en chef proposa d'adresser très prochainement à son futur collaborateur un contrat, en échange duquel celui-ci lui ferait parvenir une copie de la totalité des informations qu'il avait collectées.

— Prends ton temps, concéda-t-il. On ne va pas se précipiter sur ton affaire. Nous en avons d'autres à l'étude, mais si tu pouvais me soumettre quelque chose d'un peu consistant, disons dans un délai d'un mois ou deux, ce ne serait pas mal.

— Comptez sur moi, répondit-il, affichant une conviction sincère.

— Tant que tu y es, à l'avenir, efforce-toi de me tutoyer. Nous sommes de la même maison, et puis moi ça m'évite de penser qu'on me prend pour un vieux con.

Lilian promit.

Il se séparèrent, jurant les uns les autres de demeurer en relation.

34

Vendredi 19 mai 2006

Lilian a compté le nombre de jours écoulés depuis son retour en France. Soixante-neuf très exactement. C'est assez peu et pourtant cela lui a semblé quelquefois bien long pour ne pas dire interminable. Il a connu des phases de découragement au cours desquelles il avait l'impression que l'heure de son retour ne sonnerait jamais. Par chance, la visite surprise d'Alison était venue, à propos, lui remettre du baume au cœur, mais l'impatience ne l'avait guère quitté.

Le jour tant espéré est enfin arrivé.

Il s'est réveillé de bonne heure et, bien que d'un naturel calme, se sent tout excité. Par discrétion, il reste couché en attendant que Françoise ou Jacques se lève, mais il ne tient pas en place. Il ne cesse de se tourner et se retourner dans son lit.

Du bruit dans la cuisine, en bas, vient à point le libérer. Il s'empresse de descendre.

Il est d'humeur joyeuse. On le serait à moins. Ses hôtes sont ravis de le voir ainsi. Il y a bien longtemps qu'il s'était montré si radieux, mais s'ils partagent son bonheur, ils éprouvent parallèlement un pincement au cœur. Pour eux aussi, ce départ marque un tournant dans leur vie. Françoise ne peut éviter de repenser au gamin qu'elle a, des années durant, protégé sous son aile. Parfois espiègle, il était attachant. Elle se rappelle les jours où elle allait le récupérer à la sortie de l'école. Elle se souvient des après-midis passés avec lui au parc lors des congés scolaires. Le garçon était perpétuellement actif, sautant de la balançoire au tourniquet, du toboggan au bac à sable. Il se montrait toujours bon camarade avec les autres enfants qui, de ce fait, recherchaient sa compagnie.

Et puis bien sûr, le gamin a grandi, mais il a conservé ce charme, cette gentillesse, cette fidélité et ce caractère affectueux qui le rendent si charismatique.

Hélas aussi, il n'y a pas que de bons souvenirs. Elle se rappelle le décès soudain et tellement inattendu de Marie, il y a un peu plus de deux mois. Bien sûr, la douleur d'avoir perdu une amie n'est pas comparable à celle du fils qui a vu s'en aller sa mère, mais elle demeure bien réelle.

Avec Jacques, en tout début d'après-midi, ils accompagnent Lilian à Orly. Une sorte de malaise les envahit tous les trois à l'heure de la séparation.

— Tu donnes des nouvelles, supplie Françoise qui se retient de pleurer.

— Promis juré, répond le garçon.

Spontanément, et comme d'un commun accord, ils écourtent ce moment pénible. Shakespeare avait raison : « Ce qui ne peut être évité, il faut l'embrasser ».

Après un dernier signe d'adieu, Lilian s'éloigne pour se soumettre aux opérations de contrôle et de formalités douanières.

À quatorze heures quarante, l'avion décolle, direction New York. Le vol doit durer huit heures trente.

Lilian tente de dormir afin que le trajet lui semble moins long, mais il peine à trouver le sommeil tant il est survolté. Il pourrait, éventuellement, peaufiner ses notes sur l'affaire Lambert, mais il sait très bien qu'il ne parviendra pas se concentrer pour effectuer un travail efficace. Il a, heureusement, eu la prudence de se procurer un journal : *Le Monde* en l'occurrence.

Il le parcourt superficiellement. Il doit parfois s'y reprendre à deux ou trois fois dans sa lecture d'un article parce qu'il perd le fil, son esprit vagabondant à l'idée des retrouvailles qui l'attendent dans quelques heures.

Un article évoque, une fois de plus, l'affaire Clearstream.

Un autre parle du Moyen-Orient où la tension, dans la bande de Gaza, reste vive entre le Hamas (mouvement islamiste palestinien fortement radicalisé) et le Fatah, dirigé par Mahmoud Abbas.

Il est aussi question d'incidents qui ont éclaté entre gardiens et détenus dans le centre de détention de la base de Guantánamo.

Lilian jette de temps en temps un coup d'œil à travers le hublot. En contrebas, une énorme masse cotonneuse masque l'océan.

Sa montre marque vingt heures douze (heure française). Il est temps de la régler à l'heure de la côte américaine soit quatorze heures douze. Encore environ trois heures de vol. Il ferme les yeux et tente de s'endormir. Il imagine son arrivée à l'aéroport et l'accueil d'Alison. Il pense aussi à son retour lundi au *New York Daily News*. Il élabore toutes sortes de scenarii histoire de passer le temps. S'il ne s'endort pas vraiment, il somnole au moins.

De nouveau parfaitement éveillé, il reprend *Le Monde* pour y lire quelques nouveaux articles jusqu'à ce qu'enfin se profilent à l'horizon les côtes américaines. Il replie son journal pour ne plus s'intéresser qu'à ce qui est visible à l'extérieur de l'avion. Il sera bientôt dix-sept heures à New York. Il distingue maintenant très nettement le fleuve Hudson qui forme une frontière entre l'état de New York et le New Jersey. Le quartier de Manhattan, séparé de Brooklyn par l'East River, est aisément reconnaissable avec ses tours géantes et les avenues toutes droites qui le quadrillent. Il aperçoit aussi Liberty Island, cette petite île à l'embouchure de l'Hudson sur laquelle est érigée la statue de la Liberté. La première fois qu'il est venu aux USA, il avait trouvé l'œuvre de Bartholdi étonnamment petite. Comme tous ceux qui ne l'ont vue qu'en photographie, il l'imaginait immense, dressée à l'entrée la mégalopole alors que vue d'avion, et comparée aux buildings en arrière-plan, elle lui avait semblé presque insignifiante.

L'appareil descend par paliers et l'on distingue de mieux en mieux les constructions au sol. Il pointe sur l'aéroport John-Fitzgerald-Kennedy où il se pose bientôt en douceur. C'est à peine si les passagers ont perçu l'entrée en contact avec le sol. Lilian a observé qu'il en est des pilotes comme des conducteurs d'automobiles : certains opèrent en souplesse tandis que d'autres ont une pratique plus brutale.

Après récupération de ses bagages et franchissement des derniers contrôles, il se dirige vers la sortie, scrutant la foule qui se presse en attente des passagers. Il cherche Alison. En raison de la petite taille de la jeune fille, il tarde à la repérer. Elle se démène, lui adressant de grands signes. Il l'aperçoit enfin. Un grand sourire illumine leur visage à tous les deux. Il se précipite vers elle, bousculant bien involontairement au passage quelques personnes, mais qu'importe. Il pose ses valises au sol pour mieux l'étreindre.

— Mon amour, murmure-t-il en la couvrant de baisers.

— Tu en as mis du temps à venir !

35

Mercredi 5 juillet 2006

Six semaines ont vite passé.

Le jour se lève tout juste lorsque l'avion emprunté par Lilian se pose à l'aéroport Arturo-Mérino-Benitez de Pudahuel, banlieue de Santiago du Chili. Il pleut. Le pilote a annoncé une température extérieure de trois degrés. Dire qu'hier il faisait vingt-sept à New York. L'hémisphère sud entre dans l'hiver.

Le voyage a été pénible. Le jeune journaliste avait choisi de l'effectuer de nuit pour dormir un peu espérant que cela réduirait son ennui. Il n'en fut rien. Il s'est assez peu reposé.

Il a quitté New York hier en fin d'après-midi à bord d'un Boeing 707 qui a fait escale à Dallas puis est reparti directement vers Santiago, un vol de presque huit mille kilomètres et d'une durée de plus de dix heures.

Le voilà à nouveau séparé d'Alison, mais la situation de correspondant de presse qui l'attend a quelque chose d'exaltant. Et puis tous deux savent parfaitement que cet éloignement n'est que temporaire.

Anton Collins, l'homme qu'il vient remplacer au Chili, est venu l'accueillir à l'aéroport. Il va le chaperonner jusqu'à la fin de la semaine, après quoi il lui laissera la bride sur le cou.

Tous deux sympathisent spontanément. Anton est un type très ouvert, dans le style de Crawford : « on fait un boulot sérieux, mais ce n'est pas pour autant qu'on se prend au sérieux ».

Comme prévu, il s'est chargé de trouver un logement meublé pour le jeune intérimaire. C'est là qu'il le conduit en priorité. Il s'agit d'un appartement de deux pièces dans un petit immeuble moderne de trois étages, situé dans une rue calme, non loin de l'avenida Apoquindo, une des voies les plus importantes de la capitale chilienne. Elle mesure plus de six kilomètres de long et mène au centre-ville. C'est cette artère que suit la ligne de métro numéro 1.

— Pratique pour se déplacer, commente Collins, parce que la circulation dans Santiago : pas facile ! Ce n'est pas New York, mais ça commence à y ressembler. Enfin, c'est comme ça dans toutes les grandes métropoles. La voiture reste à ta disposition : véhicule de fonction.

— Quand est-ce que tu arrêtes de bosser ?

— Officiellement samedi. Je prends l'avion mardi.

— Tu ne te fais pas opérer ici ?

— Holà ! Je les aime bien, mais je suis prudent. Je préfère rentrer à la maison. Pour tout te dire, je n'ai pas vraiment confiance.

— Ça consiste en quoi ton intervention ?

— À vrai dire, on ne sait pas très bien. La vésicule biliaire qui déconne. Une histoire de canaux qui se bouchent... Enfin moi, tu sais, la médecine...

— Et tu en as pour longtemps ?

— Mystère et boule de gomme. Ça dépendra de ce qu'ils vont trouver en ouvrant la bête. Dans le meilleur des cas, ils vont faire un peu de bricolage, me bourrer de médicaments et hop ! je repars tout neuf. Dans le cas contraire, je n'aurai plus qu'à prier. Note que je ne suis pas inquiet. J'en ai vu d'autres.

— Ta femme rentre aux US avec toi ?

— Forcément. Elle a pris un congé sans solde. Mais ça ne va pas durer, je suis optimiste. Je parie être de retour avant le printemps. Disons que je te laisse les clés de la baraque pour deux mois maximum.

Il propose :

— Tu es probablement fatigué, tu dois avoir envie de t'installer tranquillement, prendre une douche et te reposer, je vais donc te laisser et puis, si tu es d'accord, je viens te rechercher vers midi pour aller casser la croûte dans un petit resto sympa. Je t'invite. Cet après-midi, visite de Santiago afin que tu aies quelques repères et ce soir tu viens dîner à la maison. Tu y feras la connaissance de « Bobonne ».

Lilian le remercie. L'accueil simple et sympathique réservé par son collègue l'a ragaillardi. Il n'est pas facile de se retrouver seul en terre inconnue, aussi apprécie-t-il la prévenance de son aîné et les efforts qu'il déploie pour le mettre à l'aise.

La journée se déroule conforme au programme concocté par Anton.

Dans la matinée, Lilian joint par téléphone le *New York Daily News* pour confirmer qu'il est bien arrivé. Ce coup de fil lui permet de converser quelques minutes avec Alison : une bénédiction.

Au retour d'Anton, vers midi, la pluie a cessé, mais le ciel reste couvert. Une sorte de « smog », comme disent les Anglais, plane sur la ville.

— Ça mon gars, déclare Collins, pour ce qui est de la pollution, Santiago : champion du monde ! Tu vas devoir t'habituer.

Après déjeuner, les deux confrères se promènent le long du río Mapocho, rivière non navigable qui traverse Santiago. Ils se rendent à la place d'Armes, véritable cœur de la ville entouré d'édifices historiques tels que la cathédrale, la Maison des Gouverneurs (aujourd'hui mairie de Santiago) et la poste centrale, entre autres.

Une foule nombreuse grouille.

— Gaffe à tes affaires, prévient Anton, ce ne sont pas les pickpockets qui manquent ici.

Lilian enregistre l'avertissement.

Le temps change vite et bientôt le soleil fait son apparition permettant de voir très nettement, au loin, les contreforts de la Cordillère des Andes.

La balade les conduit devant le palais de la Moneda, siège de la présidence de la République, là même où Salvador Allende se suicida le 11 septembre 1973 consécutivement au coup d'État fomenté par Augusto Pinochet. Le Président avait nommé le général, commandant en chef de l'armée chilienne, moins de trois semaines auparavant. Il fut curieusement remercié. « Brutus avait encore trahi César ».

— Demain, nous parlerons boulot, dit Anton. Je te présenterai mes contacts au *Mercurio* et à *La Tercera*. En matière de presse écrite, ce sont les quotidiens les plus importants ici. Notre collaboration est fructueuse. Chacun y gagne en efficacité. Le travail de correspondant de presse est assez spécial. Tu vas découvrir ça. Il faut être perpétuellement à l'affût et se tisser un réseau de relations pour être opérationnel.

Lilian jubile. Enfin du concret. Cette fois, ça y est, il débute vraiment sa carrière de journaliste.

36

Mardi 25 juillet 2006

Cela fait déjà plus de deux semaines que Lilian est en poste et il a pris ses marques. Il commence à se sentir en terrain conquis. On ne peut pas dire qu'il connaisse Santiago comme sa poche, mais il n'y est plus perdu. La longue liste de contacts que lui a fournie Anton lui facilite le travail. Il se crée des relations et se fait quelques amis aussi.

Une idée lui trotte dans la tête depuis pas mal de temps : l'envie de retrouver les traces de son père. Ne possédant que peu d'informations, il a commencé par se procurer la liste des cimetières de la région qu'il a ensuite entrepris d'explorer un à un. Bon moyen de parfaire sa connaissance de Santiago et ses environs. Dans chaque cimetière qu'il visite, il se rend au bureau du conservateur auquel il explique qu'il recherche la tombe d'un certain Esteban Calvez décédé en 1983 ou 1984.

Il se doutait bien que ce ne serait pas simple et qu'il lui faudrait de l'obstination pour obtenir un résultat, mais la persévérance, il connaît.

Certains cimetières sont bien organisés. Tout est inscrit dans des livres parfaitement classés et ordonnés ce qui facilite les recherches. D'autres fois, c'est un peu plus compliqué. Lilian se prévaut de son statut de journaliste ce qui lui permet d'obtenir l'autorisation de consulter lui-même les registres. Ce travail est long et fastidieux, mais... on n'est jamais si bien servi que par soi-même !

C'est au *cementerio Parroquial* de Maipú, au sud-ouest de Santiago, que le miracle se produit. Dans un registre, enfin, il découvre ce qu'il recherchait avec tant d'insistance : le nom d'Esteban Calvez dont il apprend qu'il fut enterré le 16 mars 1984. Il relève les coordonnées de la sépulture. Le conservateur lui montre surun plan l'endroit où elle se situe. Il s'y rend immédiatement.

Il parcourt les allées en terre mal entretenues où les mauvaises herbes foisonnent. La plupart des tombes se ressemblent. Un muret en ciment d'une vingtaine de centimètres de haut et d'épaisseur égale marque le pourtour de chacune. Il n'y a pas de dalle à proprement parler. Au centre de chacune d'elles, la terre recouvre directement le caveau. À la tête se dresse une sorte de fronton, surmonté ou non de la croix du Christ, sur lequel figure (pas toujours) le nom du ou des défunts.

Lilian repère sans trop de difficulté la sépulture recherchée. Deux noms sont inscrits :

Pedro Calvez 1926-1973
Esteban Calvez 1953-1983

Durant plusieurs minutes, il demeure pensif. Ce père qu'il n'a pratiquement pas connu, dont il ne garde aucun souvenir, repose ici. Il se rappelle les photographies retrouvées dans le grenier de la maison de Limeil-Brévannes. Pas facile d'imaginer que devant lui, allongé dans son cercueil, à quelques pieds sous terre, gît celui dont il est le fils.

Qui est ce Pedro Calvez, l'autre nom inscrit ? A priori, ce doit être son grand-père. De 1926 à 1953, se sont écoulés vingt-sept ans : une différence d'âge normal entre un père et son fils.

Un détail frappe le jeune homme. Contrairement à la plupart des tombes tout autour, celle-ci est bien entretenue. Des fleurs en pot la garnissent. De toute évidence, elle n'est pas abandonnée. Ne devrait-il pas interroger le gardien à ce sujet ?

Il le fait avant de partir. Hélas, l'homme est incapable de lui fournir le moindre renseignement. « Étant donné le nombre de sépultures et la quantité de gens qui viennent ici journellement, comment voulez-vous que je sache ? » On ne saurait le soupçonner de mauvaise volonté. La réponse n'a rien de surprenant, mais il ne risquait rien à poser la question. La seule solution est de revenir aussi régulièrement que nécessaire jusqu'à surprendre celui ou celle qui entretient la tombe.

Il faudra beaucoup d'acharnement et une bonne dose de chance pour espérer un résultat, mais l'éventualité d'en apprendre un peu sur ses origines paternelles est à ce prix.

37

Jeudi 17 août 2006

Chaque fois qu'il en a eu le temps, Lilian est retourné au cimetière de Maipú. Il a noté scrupuleusement les dates et heures de ses passages, les changements observés sur la tombe de son père tels que nettoyage, remplacement des fleurs, etc., tous indices signalant que quelqu'un est venu.

Ainsi a-t-il pu estimer la fréquence des visites. Elles se renouvellent tous les deux ou trois jours et ont lieu systématiquement l'après-midi.

Aujourd'hui, c'est la huitième fois qu'il revient. En apparence, rien n'a changé depuis avant-hier. Comme il est disponible, il décide d'attendre sur place.

Quotidiennement, il examine la presse chilienne. Cela fait partie de son travail. Pour éviter de perdre son temps, il va s'asseoir sur un banc à proximité et se plonge dans la lecture de *El Mercurio*.

Le ciel est clair et la température douce pour un mois d'hiver : environ douze ou treize degrés.

Au bout d'un certain temps, malgré tout, l'immobilité laisse ressentir le froid. Il replie son journal et décide de marcher un peu. Il se promène le long des allées, observant, pour passer le temps, les tombes : celles en particulier où des noms sont gravés.

Il n'a pas vu arriver cette vieille femme emmitouflée dans un manteau noir, la tête couverte d'un fichu. Petite, légèrement voûtée, elle se tient immobile devant la tombe des Calvez. Maintenant qu'il l'a repérée, Lilian l'observe de loin.

Sa prière achevée, elle s'affaire à remettre de l'ordre à la sépulture, ôte les fleurs fanées, verse de l'eau dans les pots à l'aide d'un des petits arrosoirs laissés à la disposition des visiteurs...

Lilian se dirige vers elle.

— Ce sont des personnes de votre famille, interroge-t-il ?

— Mon mari et mon fils.

Il marque un temps puis dit simplement :

— Je m'appelle Lilian Calvez.

La vieille femme semble ne pas comprendre.

Il insiste :

— Esteban était mon père, précise-t-il, pointant de l'index le nom inscrit au fronton.

Cette fois, elle réagit. A-t-elle bien entendu ? Interloquée, prise d'un doute, elle demande :

— Votre père ?

— Oui.

— Vous vous appelez Lilian ?

— Oui.

— Mais alors tu es mon petit fils ? Comment est-ce possible ? *El niño, el niño de Esteban*[10], clame-t-elle en le regardant droit dans les yeux. *¡ Qué alegría ! ¡ Dejame besarte !*[11]

Elle se jette contre lui qui la dépasse d'une bonne tête et demie. Elle pleure, répétant inlassablement : *El niño, el niño de Esteban* ! Aussi ému

---

10   Le fils, le fils d'Esteban
11   Quel bonheur ! Laisse-moi t'embrasser !

qu'elle, il s'efforce de retenir ses larmes sans totalement y parvenir.

— *Abuelita*[12], murmure-t-il en l'embrassant.

*

À dater de cette rencontre, Lilian a noué des liens affectifs sincères avec sa grand-mère. Il lui rend visite régulièrement. Ils ont tant de choses à se raconter.

« Abuelita » a soixante-quinze ans. Son mari, Pedro fut abattu par la guardia civile le 12 septembre 1973, lendemain du coup d'État fomenté par Pinochet.

— Ce fut horrible, raconte-t-elle. Il y a eu des centaines, des milliers de morts. On n'a jamais su exactement. La presse était censurée, les partis politiques interdits. Ceux qui ont tenté de résister ont été abattus comme des chiens ou emprisonnés. Les prisons d'État étaient à ce point surpeuplées qu'il a fallu en improviser de nouvelles. Le bateau « Lebu », ancré à Valparaiso, et qui n'avait plus de machines, ou « l'Esmeralda » – voilier-école de la marine chilienne – furent transformés en centre de détention et de torture. Même chose pour le stade national et le stade Chili. Des cadavres jonchaient le bord des routes ou flottaient sur le Mapocho. Ton grand-père fut abattu d'une rafale de Kalachnikov. Le fait que son corps ait été retrouvé a permis de lui offrir une sépulture. Ton père, Esteban, venait tout juste d'avoir vingt ans. Une chance qu'il ait échappé à la répression. Il a réussi à s'enfuir avec l'aide d'amis et à gagner la France. Il en est revenu en 1981. Pinochet était toujours au pouvoir, mais la situation s'était calmée. On ne chassait plus les opposants pourvu qu'ils se tiennent tranquilles. Il était

---

12 Grand-mère

accompagné de ta maman qui te portait en elle. Ils se sont mariés au mois de juillet et tu es né au mois d'octobre.

— Le 8 octobre, Abuelita.

— Tu vois que j'ai encore une bonne mémoire, triomphe-t-elle.

— Et Papa ? Comment est-il mort ?

— Ton père ? C'est une autre histoire. Une tragédie stupide !

38

Mardi 13 décembre 1983

Il est un peu plus de huit heures du matin. Esteban, conseil juridique auprès *del Banco Central de Santiago,* se rend comme chaque jour à son travail.

Son collègue Javier, qui est aussi son ami, le prend au passage dans sa voiture. Il en est ainsi chaque matin.

— Toujours à la bourre, lance Esteban en s'installant à côté de son copain chauffeur.

— Cinq minutes. Juste ce qu'il faut pour ne pas donner de mauvaises habitudes au patron, répond celui-ci en rigolant.

Ils longent le río Mapocho. La circulation est dense sans être excessive. Subitement, des sirènes de police hurlent à plusieurs centaines de mètres derrière eux. Un convoi de quatre voitures escortées par des motards se rapproche à vive allure. Il vient de Las Condes, banlieue bourgeoise de la capitale où le général Pinochet possède une résidence. Il file en direction du palais de la Moneda.

— Pas sûr qu'on soit en retard, lance Javier. On pourrait même arriver en avance.

Les véhicules devant lui se serrent sur le côté droit de la route et ralentissent significativement. Il agit de même tout en laissant volontairement une certaine distance avec la voiture qui le précède.

Le convoi les double. Après le passage de la dernière voiture, Javier enclenche la première, déboîte et accélère à fond. Le moteur rugit. Deuxième, troisième, quatrième… il enchaîne les vitesses le plus rapidement possible pour régler son allure sur celle du « train présidentiel ».

— C'est pas joli ça, crie-t-il tout excité ?

— T'es un malade, répond Esteban dans un éclat de rire.

Ils roulent dorénavant à plus de cent à l'heure à travers la capitale chilienne, dépassant nombre de véhicules, et cela pendant un, deux, trois kilomètres...

Soudain, des rafales de mitraillettes claquent. Ils sont la cible de tirs nourris. Les pneus sont crevés. Le pare-brise explose. La 504 fait une embardée, franchit le parapet et dévale vers la rivière en contrebas où elle s'immobilise après plusieurs tonneaux.

Le passager, atteint de plusieurs balles, est mort sur le coup. Le conducteur, grièvement blessé, décédera avant son arrivée à l'hôpital.

*

Abuelita ne peut contenir ses larmes en évoquant la fin tragique de son fils.

Connaissant les circonstances de la mort de son père, Lilian en recherche la relation qu'en fit la presse de l'époque. L'affaire, en vérité, ne fut jamais explicitée.

Que s'est-il passé dans la tête de Javier ? Pourquoi a-t-il pris le risque de se lancer à la poursuite du convoi présidentiel ? Sûrement par défi, un défi stupide que les deux hommes ont payé de leur vie.

Les gardes civils qui ont tiré étaient très jeunes. Des gamins diront certains, qui ont la « gâchette facile » parce qu'ils n'ont pas encore la pondération qui vient avec l'âge, et parce qu'ils ont peur. Peur de ceux qui contreviennent à la loi, et qu'ils assimilent un peu trop rapidement à des révolutionnaires, mais aussi et principalement, peur de s'entendre reprocher de n'avoir pas su protéger le chef de l'État. « Et s'il avait péri, victime d'un attentat ? »

Pourquoi la voiture des deux jeunes hommes a-t-elle pu suivre le convoi présidentiel plusieurs kilomètres sans être interceptée ? Pourquoi est-ce seulement au niveau du pont Manuel Rodriguez, à peu de distance du point d'arrivée du cortège, qu'on a fini par la neutraliser ? Il n'y a jamais eu de réponse.

La dernière voiture du convoi officiel a dû lancer une alerte, indiquant qu'un véhicule inconnu les suivait. Un ordre a-t-il été donné de l'arrêter ? Étant donnée la vitesse à laquelle les voitures filaient, l'intervention n'a pu être réalisée que très en aval. C'est une hypothèse, aucunement une certitude.

La version officielle ne s'embarrassa pas de complications. « Les deux hommes, qui ont été tués, étaient des opposants au régime. Ils ont été mis hors d'état de nuire. »

39

Mardi 5 septembre 2006

Depuis qu'il est à Santiago, Lilian n'a pas chômé. La situation intérieure du pays, particulièrement tendue depuis plusieurs mois, l'a conduit à réaliser de nombreux reportages et à rédiger des articles quasi quotidiennement.

Le 15 janvier dernier, Michelle Bachelet remportait l'élection présidentielle. Victoire historique car, pour la première fois en Amérique du Sud, une femme accédait à cette fonction, qui plus est, grâce au suffrage universel direct.

Entrée en fonction le 11 mars, elle ne bénéficia pas de ce qu'il est convenu d'appeler « une période d'état de grâce ».

En effet, dès le mois d'avril, elle dut affronter les *pingouins*.

Ainsi ont été surnommés les collégiens en raison de leur uniforme bleu marine avec chemise blanche. Ils étaient descendus dans la rue pour protester contre la mauvaise qualité de l'enseignement et les inégalités entre privé et public. Ils réclamaient la gratuité des transports pour les écoliers ainsi que la gratuité de l'inscription au baccalauréat.

La réaction gouvernementale prit dès le départ un

caractère répressif. Deux mille cinq cents collégiens furent interpellés en mai et cent furent expulsés de leur collège. Cela ne calma pas les ardeurs bien au contraire. Les étudiants rejoignirent le mouvement. Le 30 mai, une manifestation à Santiago était durement réprimée. Madame Bachelet, qui avait été torturée sous la dictature, s'indigna, qualifiant de « légitimes » les revendications étudiantes. Elle limogea le chef des forces spéciales de la police.

Cette ouverture du dialogue se révéla cependant insuffisante et, au mois de juin, elle dut faire face à deux grèves nationales consécutives.

Fin juillet, elle remania son gouvernement. Les ministres de l'Éducation, de l'Intérieur et de l'Économie furent remplacés. Elle fit aussi d'importantes concessions aux jeunes : transports gratuits, bourses pour les plus démunis, promesse de réformer l'enseignement et création, à cette fin, d'une commission d'experts composée de représentants sociaux et d'étudiants.

Les *pingouins* avaient gagné. Les occupations de collèges cessèrent, les lycéens reprirent le chemin de l'école, mais le calme social ne revint pas pour autant. Des manifestations continuèrent d'éclater sporadiquement.

En août, les travailleurs de la plus grande mine de cuivre au monde - Escondida dans le désert d'Atacama - se lancèrent à leur tour dans la grève. C'était inédit et cela provoqua l'inquiétude de beaucoup d'industriels qui reprochèrent à Madame Bachelet de manquer d'autorité. « Elle a tout cédé aux étudiants, proclama l'un d'eux. C'est la porte ouverte aux revendications et au désordre. »

Lilian suit l'évolution de la situation au jour le jour. Il rédige des articles pertinents et détaillés qu'il transmet à New York. « Bon boulot ! », lui a récemment écrit Crawford.

Il se prépare à interviewer Maria Jesus Sanhueza et Max Mellado, les deux étudiants, tout juste âgés de dix-sept ans, qui furent les principaux meneurs de la révolte qui a ébranlé la Présidente nouvellement élue.

Ce soir, il rentre chez lui avec l'intention de mettre au propre ses notes de la journée. Dans le hall de l'immeuble, il récupère son courrier. Une enveloppe est marquée du logo de France Télévision. Il s'empresse de l'ouvrir. C'est une lettre de Jacques Mariton.

Cher Collègue et Ami,

J'ai éprouvé beaucoup de plaisir et d'intérêt à la lecture du rapport tout à fait exhaustif que tu m'as adressé concernant l'affaire de la disparition de Mélanie Lambert.

Il convient de compléter, autant que faire se peut, ton enquête. J'ai confié cette tâche à deux de mes collaborateurs.

Ce n'est qu'un début, mais déjà leur travail porte ses fruits et je tiens à t'en informer.

Leur premier sujet d'investigation fut le devenir de Jean-Louis Lambert après sa sortie de prison.

Libéré par anticipation le 3 mars 1992, il était soumis à un contrôle judiciaire, ce qui a facilité les choses pour retrouver sa trace.

Il a rapidement quitté la région parisienne pour s'installer dans un hameau de l'Yonne où il a acheté une vieille bicoque à retaper. D'après les témoignages recueillis sur place, il s'était établi entreprise indépendante pour toutes sortes de travaux domestiques : bricolage, entretien d'habitation, jardinage, etc. Il ne fréquentait guère les habitants alentour, lesquels ignoraient totalement qui il était et d'où il venait. Ils l'avaient surnommé « l'ours ».

Cela a duré plusieurs mois jusqu'à ce qu'il cesse de se conformer aux obligations du contrôle judiciaire. Ce manquement a déclenché l'alerte.

Les gendarmes, qui se sont déplacés à son domicile, l'ont trouvé baignant dans une mare de sang desséchée. Il s'était suicidé quelques jours auparavant à l'aide d'un fusil de chasse dont il avait scié le canon, probablement pour en rendre plus aisée la manipulation et être sûr de ne pas se rater.

L'enquête a conclu de façon certaine à un suicide, ce qui, vu les circonstances, n'est pas étonnant. Par contre, elle n'a pas permis de savoir comment il s'était procuré l'arme.

N'ayant pas de caveau, il a été incinéré au crématorium de Troyes et ses cendres dispersées dans le jardin du souvenir.

Telles sont les informations que nous avons pu recueillir. Nous poursuivons nos recherches et je ne manquerai pas de te tenir au courant des avancées.

J'espère que ton intégration dans la presse américaine te procure toujours les plus grandes satisfactions.

Bien confraternellement.

Jacques Mariton

40

Dimanche 17 septembre 2006

L'hiver touche à sa fin. Si les nuits sont encore fraîches, le thermomètre monte aisément dans la journée jusqu'à dix-huit degrés, voire plus. Les arbres commencent à bourgeonner et le ciel est le plus souvent dégagé. Sans cette satanée pollution, comme tout serait merveilleux.

Pas plus tard qu'hier, Lilian a appris qu'Anton Collins ne tarderait pas à revenir au Chili pour y reprendre ses fonctions de correspondant du *New York daily news*. L'intervention chirurgicale qu'il a subie s'est parfaitement déroulée et les médecins lui ont prescrit un mois de convalescence. Il sera apte, ensuite, à reprendre ses activités. Autrement dit, l'intérim exercé par Lilian touche déjà à sa fin.

Alison n'a pas caché sa joie à l'idée de son retour prochain et, s'il en va de même pour Lilian, son enchantement se teinte simultanément de « blues ».

Comment pourrait-il ne pas être enthousiaste à l'idée de rejoindre celle qui est sa véritable raison de vivre, mais, a contrario, difficile de ne pas éprouver quelque désenchantement à la perspective de quitter prochainement cette famille paternelle qu'il vient tout juste de retrouver ?

Il n'oubliera jamais cette grand-mère « tombée du ciel » qui l'a tout de suite adopté. Sa rencontre miraculeuse était improbable. Qui aurait pu penser que le destin leur réservait pareille surprise ?

Il leur a fallu peu de temps pour se connaître, se reconnaître et se lier de manière indéfectible.

Quitter le Chili n'est pas ce qui générera le plus d'angoisse ou de regrets chez le jeune homme, mais y laisser sa grand-mère sera un véritable déchirement.

Leurs retrouvailles, aussi inattendues qu'inespérées, auraient pu ne constituer qu'un événement ordinaire rapidement laissé de côté. Leurs parcours avaient été si différents qu'ils ne les prédisposaient nullement à éprouver le besoin de recréer des liens affectifs que la vie avait détruits. Oui, mais...

Lilian n'est pas pessimiste de nature, mais il est réaliste. La chance ne frappe pas tous les jours à la porte. Les improbables circonstances qui ont transformé sa vie ces derniers mois sont-elles susceptibles de se reproduire ? Rien n'est moins sûr. La possibilité de revenir en Amérique du Sud se représentera-t-elle ? Son départ sera-t-il un au revoir ou un adieu ?

À soixante-quinze ans, *Abuelita* est toujours alerte, mais pour combien d'années encore ? Bien que la vie ne l'ait pas ménagée, elle n'exprime ni lassitude, ni haine, ni désir de revanche. Elle n'est que calme, douceur et tendresse.

Lilian n'a pas eu de grands-mères pour le gâter dans son enfance. Pourrait-il dire que cela lui a manqué ? Non, bien sûr. L'ignorance évite les regrets. Il pense que, s'il avait dû en choisir une, celle-ci, sans la moindre hésitation, aurait eu sa préférence.

Ce dimanche n'est pas un dimanche ordinaire. Non seulement il est attendu pour déjeuner chez *Abuelita* mais il doit y faire la connaissance de sa tante Amanda.

Amanda est la sœur d'Esteban. Elle a aujourd'hui quarante-huit ans. Elle en avait quinze lors du coup d'État de Pinochet. Après la mort de son père et la fuite, en France, de son frère, elle est demeurée seule avec sa mère dans leur pavillon de Maipú. Mère et fille se sont serré les coudes pour ne pas sombrer.

Elle entretenait une relation très forte avec son frère de cinq ans son aîné. Il était son modèle, elle était son rayon de soleil. La séparation fut une épreuve tant pour l'un que pour l'autre.

Ils ont tenu bon. Durant l'interminable séjour d'Esteban en Europe, ils s'écrivirent de longues lettres très régulièrement.

Leurs retrouvailles, après presque huit ans de séparation, leur procurèrent un ravissement indescriptible. Il fut, hélas, de courte durée.

Depuis plusieurs années, Amanda vit, avec son mari Pedro, à Viña del Mar, station balnéaire sur la côte Pacifique au nord de Valparaiso. Leurs deux fils : Enrique et Leandro, âgés respectivement de vingt-cinq et vingt-trois ans, ont pris leur indépendance. Ils ne connaissent pas encore leur cousin français, mais *Abuelita* entend bien réparer ce manque sans tarder. Chaque chose en son temps. Aujourd'hui, c'est la rencontre du « niño de Esteban » avec sa tante et son oncle chiliens.

Le contact est rapidement noué. L'émotion est au rendez-vous et, si les larmes coulent de part et d'autre, ce sont des perles de joie. Il arrive que la vie offre des compensations incommensurables aux malheurs qu'elle a semés. Les raisons du bouleversement de chacun sont multiples et variées. Elles tiennent à des souvenirs, à des ressentis indéfinissables, différents pour les uns et les autres, mais ayant un point commun : l'amour.

Le repas se déroule dans la joie et la bonne humeur. *Abuelita* a préparé toutes sortes de spécialités du pays : *ceviche*[13], *empanadas*[14], *chupe de mariscos*[15]... accompagnées d'un des meilleurs vins de *Concha y Toro*[16]. On plaisante, on rit, on raconte toutes sortes d'anecdotes. On apprend à se connaître, on s'apprivoise. On évoque foule de souvenirs en se gardant de sombrer dans la morosité. Pas question de gâcher la fête !

Le temps passe vite, très vite, trop vite. Aucun n'a envie de rompre le charme. Ils ont encore tant de choses à se dire, mais même les meilleurs moments ne sauraient être éternels. Viña del Mar est à plus de cent kilomètres de Santiago. Il faut compter une bonne heure et demie de route. Les jours sont encore courts à cette période de l'année et, à presque dix-neuf heures, la nuit s'apprête déjà à tomber. Il est temps pour Amanda et Pedro de songer à regagner leur demeure. On promet de se revoir sans tarder.

— Il faudra que tu viennes à Viña, dit Amanda.

Lilian promet. Il n'ose pas évoquer son départ prochain du Chili. Il n'a pas envie d'assombrir cette journée d'exception.

Avant de s'en aller, Amanda a réservé une surprise à son neveu. Elle tire de son sac à main cabas un paquet d'enveloppes postales enrubanné.

---

13 Plat d'origine péruvienne fait de poisson cru mariné dans du jus de citron vert avec piment, coriandre, gingembre et oignons
14 Petit chausson en pâte à pain farci de viande, poisson, œufs, pommes de terre...
15 Sorte de cassolette de fruits de mer
16 Principal producteur de vin du Chili

— C'est toute la correspondance que ton père m'a adressée lorsqu'il était en France. Il y a aussi quelques photos. Je pense que cela te revient. Tu pourras ainsi, je l'espère, faire un peu mieux connaissance avec lui.

L'un et l'autre sont émus. Ils s'étreignent longuement, les yeux embués. Non, Lilian n'est plus seul. Il savoure la joie d'appartenir à une famille.

41

Mercredi 20 septembre 2006

Comme tous les soirs depuis dimanche, Lilian se plonge avec avidité dans les précieux documents que lui a confiés Amanda. Chaque lettre écrite par son père le submerge d'émotion.

Lorsqu'il avait trouvé, dans le grenier de Limeil-Brévannes, les photographies collectées par sa mère, il avait tout de suite compris que cet homme qui le tenait sur ses genoux, le portait sur ses épaules, jouait avec lui sur la plage ou le baignait dans l'océan... était son père. Il l'avait regardé comme un étranger, un de ces personnages qui ne vous inspire aucun sentiment particulier parce qu'il vous est inconnu et de ce fait ne retient nullement l'attention.

Sur les photos, il n'avait vu, ou voulu voir, que Maman. Maman qui venait de s'éteindre après avoir été l'épicentre de son enfance, de sa jeunesse... à vrai dire de toute sa vie.

Le bambin qu'il était, ces années-là, l'avait amusé. Comment réaliser que c'était lui ce petit bonhomme dont le souvenir est si profondément enfoui au fond de sa mémoire qu'il lui est désormais impossible d'en retrouver la trace ?

Quant à ce père, SON père, il était un être chimérique.

Subitement, tout a changé et la concrétisation des personnes et des événements lui offre une tout autre approche. Ce n'est plus « son père », mais « Papa », tout comme sa grand-mère est : « Abuelita ». Il savoure le véritable sens de ces mots qui font de lui, pas seulement le fils de Marie Calvez, mais aussi un membre d'une vraie famille qu'il découvre petit à petit, un peu comme si une puissante loupe lui permettait subitement de mieux percevoir les détails d'une image.

Étonnant et passionnant.

Il ouvre une nouvelle enveloppe. Elle contient une lettre datée du 22 avril 1981 ainsi que deux photographies.

Ma chère petite sœur,

Je ne résiste pas au plaisir de vous annoncer, à toi et Maman, la bonne nouvelle de mon retour prochain.

Cette fois, c'est bien une réalité. Dans un peu plus d'une semaine, nous serons de nouveau réunis après plus de sept ans de séparation.

Tout finit par arriver, même le plus improbable. Il suffisait d'être patient.

Les choses évoluent. Espérons que cela continuera et, puisque l'autre commence à se calmer, nous allons enfin pouvoir revivre en famille.

Lilian s'interroge sur le sens de cette phrase.

La lettre date d'avril 1981.

« L'autre », dont il est question, ne serait-il pas tout simplement le général Pinochet que le jeune homme évite de nommer – on n'est jamais trop prudent – ?

Esteban avait quitté précipitamment le Chili pour

échapper à la répression sanglante consécutive au coup d'État du 11 septembre 1973. Il apparaît logique qu'il ait lié son retour à une modification sensible de la situation politique. Or c'était bien le cas et il est probable que c'est la signification des mots : « *l'autre commence à se calmer* ».

En effet, après presque huit ans de pouvoir sans partage, le dictateur avait commencé à lâcher du lest. Un nouveau régime constitutionnel fut voté en septembre 1980. Il prit effet le 11 mars 1981 et, à peine plus d'un mois après ce changement fondamental, Esteban a décidé de revenir au Chili. Le raisonnement paraît tout à fait cohérent.

Certes, Augusto Pinochet demeurait à la tête de l'État dont il était dorénavant Président de la République. Il conservait des pouvoirs exorbitants, mais on pouvait entrevoir une avancée qui laissait espérer un retour à la démocratie dans les années à venir. Nul doute que cela exigerait du temps et d'ailleurs, le système mis en place était transitoire. Le fonctionnement intégral des nouvelles institutions n'était programmé que pour 1990. Malgré tout, si le pays était encore soumis à un pouvoir « fort », il n'en était plus à la sauvagerie sanguinaire de 1973 et le jeune homme pouvait envisager un retour sans crainte excessive.

Lilian poursuit sa lecture :

Je quitterai la France avec un brin de nostalgie, car ce pays regorge de merveilles. Paris est à l'évidence une des plus belles villes du monde. J'ai été fort bien accueilli et, plus important que tout, c'est ici que j'ai rencontré l'amour.

J'ai hâte de te faire connaître Marie, ta future belle-sœur, avec laquelle, j'en suis convaincu, tu t'entendras à merveille.

Pour des raisons que je t'expliquerai plus tard, de vive voix, nous partirons par la Belgique. Nous prendrons l'avion à Bruxelles où les contrôles sont moins stricts. Pour Marie, ce sera plus facile.

Nous ferons escale à Rio de Janeiro et ensuite, direct Santiago.

Cette expression, aussi, est équivoque. Pourquoi écrit-il « pour Marie, ce sera plus facile » ?

Lilian sait qu'à l'époque (il n'était pas encore né), sa mère n'avait que seize ans. Elle était toutefois considérée comme majeure puisque, selon ce qu'elle lui a raconté, elle avait été émancipée. Quel besoin, dans ces conditions, d'échapper à des contrôles drastiques en quittant le territoire français ? Lilian est perplexe.

Histoire de t'aider à patienter et aussi d'exciter ta curiosité, je joins deux photographies. L'une du lycée où j'ai exercé comme assistant de langue pendant trois ans, l'autre d'un groupe d'élèves où figure Marie. Laquelle est-ce ? Suspense ! Je te laisse le soin de deviner... Tu ne tarderas pas à vérifier si tu avais vu juste.

Embrasse Maman pour moi. Dis-lui à quel point je suis pressé de la retrouver elle aussi. Vous m'avez tellement manqué toutes les deux. Je vous aime.

Mille bisous à chacune.
Votre

Esteban

42

Vendredi 22 septembre 2006

De la passion à l'obsession, il n'y a qu'un pas que Lilian a franchi allègrement. Ce qu'il a appris sur ses origines familiales ne l'a pas sevré, bien au contraire. Plus il en connaît, plus il a envie de savoir. L'histoire de ses parents est aussi la sienne. C'est sa vie.

Il veut tout savoir, tout comprendre. Est-ce de l'entêtement ? Non. Il est pris dans un engrenage dont il ne peut s'extirper. À se demander si le cadeau d'Amanda n'était pas empoisonné, bien involontairement il va sans dire.

Il lit et relit les courriers de son père, lesquels constituent autant de pièces d'un puzzle qu'il est bien décidé à reconstituer.

Dans ce jeu de patience, les avancées sont irrégulières. On réalise des assemblages, tout semble facile et subitement on bloque. Impossible de progresser. On cherche en vain. Rien à faire. Cela peut prendre un temps indéfini. Et puis, allez savoir pourquoi, le miracle s'accomplit. Une pièce trouve sa place, qui en appelle une autre et tout avance de nouveau.

Il en est de même de ses investigations. Règle

d'or : ne pas se décourager, ne jamais se décourager.

Il n'en est pas à devenir insomniaque, mais cette nuit il s'est réveillé et il a immédiatement pensé à son histoire familiale. Il a longuement cogité sans parvenir à retrouver le sommeil.

Pourquoi son père a-t-il écrit : « Nous prendrons l'avion à Bruxelles où les contrôles sont moins stricts. *Pour Marie, ce sera plus facile.* » ? Il avait pris le soin de préciser : « Pour des raisons que je t'expliquerai plus tard, de vive voix... ».

Il faut interroger Amanda. Il lui téléphone.

— Je comprends ton questionnement, répond-elle, mais je crains de ne pas pouvoir t'apporter beaucoup d'éclaircissement. Tu sais, il faut se replacer dans le contexte. Nous étions si heureux de nous retrouver que nous ne cherchions pas spécialement à connaître le « pourquoi du comment ». Esteban était enfin de retour : événement inespéré. Il était accompagné d'une jeune femme qu'il se préparait à épouser. Elle était enceinte et nous étions tout à la joie d'accueillir prochainement ce nouveau venu dans la famille. L'essentiel était là. Du coup, certains détails furent relégués à l'arrière-plan. Ils nous ont expliqué que, Marie n'ayant que seize ans, même si elle était émancipée - ce qui n'est guère courant - ils redoutaient des difficultés au franchissement des douanes. Ils craignaient de rester coincés ici où là, aussi ont-ils cherché le moyen le plus sûr de parvenir sans encombre au Chili.

— Tu connais la date de leur mariage ?

— Je ne saurais pas te l'indiquer avec précision, mais il me semble que cela s'est fait très vite. Je dirais dans le mois qui a suivi leur arrivée. Le mariage civil a eu lieu à la mairie de Las Condes, commune où ils avaient leur logement, quant au mariage religieux, il a été célébré une ou deux semaines après, en l'église *Cristiana Vina*, à Las Condes également.

*

Rien de bien nouveau, aujourd'hui, dans l'actualité chilienne. Rien, en tout cas, qui motive un gros travail journalistique. Profitant de cette trêve, Lilian se rend au bureau de l'état civil de la mairie de Las Condes pour demander à consulter le registre des mariages de l'année 1981.

Une fois encore, sa qualité de journaliste, lui ouvre des portes et lui permet d'accéder sans difficulté aux documents qu'il souhaite consulter.

Il feuillette l'énorme livre. Avril... mai... juin. Les actes se succèdent au fil des pages qu'il parcourt jusqu'à ce qu'il tombe enfin sur ce qu'il cherche :

« *Devant nous, ont comparu ce jour en la maison commune Esteban, Antonio, Luis Calvez...* ».

Il étudie mot par mot le texte calligraphié. Aucun détail ne lui échappe. Soudain son regard se rive sur le document. Est-ce possible ? Il a du mal à en croire ses yeux.

43

Vendredi 20 octobre 2006

Pourquoi faut-il que le bonheur s'accompagne si souvent d'un brin de tristesse ?

Après trois mois et demi de séparation, Lilian va enfin retrouver Alison. Quelle plus grande joie pourrait lui être offerte ? Il y a pourtant une ombre au tableau. Regagner New York ne signifie pas seulement quitter le Chili, où il s'est si vite intégré, a fait un travail passionnant et exercé de vraies responsabilités... c'est aussi s'éloigner de cette famille dont il ignorait l'existence il y a quelques mois, qui lui a ouvert ses bras et qu'il a faite sienne.

Ces derniers jours, il les a passés avec Anton, revenu mardi dernier des USA. Ils ont beaucoup discuté de la situation du pays et de celle des États-Unis. Ils ont aussi parlé du *New York daily news* et de bien d'autres choses encore, comme deux vieux copains. Entre eux le courant passe merveilleusement.

— Je peux t'assurer que tu es attendu au journal. Il y en a même une, plus que les autres, qui s'impatiente, m'a-t-il semblé.

Lilian a souri.

— Tu n'as pas choisi la plus moche, dis donc... Ah ! ces Français, il faut toujours s'en méfier. Ils sont capables de ravages !

Ils ont plaisanté. Le jeune journaliste aurait bien aimé collaborer plus longuement avec ce confrère qui lui est si sympathique. Hélas, il n'en sera rien.

Il est un peu plus de seize heures trente ce vendredi. L'avion pour New York décolle à dix-huit heures cinq. Il va falloir se quitter. Toute la famille est venue à l'aéroport de Pudahuel pour les adieux. Amanda, son mari Pedro et leurs deux fils Enrique et Leandro - dont Lilian a fait connaissance la semaine dernière - ont tous accompli le déplacement pour l'occasion. *Abuelita* est de loin la plus émue.

— Je reviendrai, promet Lilian.

Il l'espère sincèrement, mais au fond de lui-même, il pense que c'est loin d'être une certitude.

« Faisons confiance à l'avenir », se dit-il.

Un appel dans les haut-parleurs invite les passagers à destination de New York à se présenter à l'embarquement.

Abuelita étreint son petit-fils jusqu'à l'étouffer. Elle est en larmes. Lilian se contient autant que possible, mais ses yeux rougissent inévitablement. Amanda étouffe ses sanglots. Le départ de son frère Esteban en 1973 lui revient en mémoire. Les circonstances sont moins dramatiques, mais elle ne s'habitue pas à ces déchirements.

« Nous communiquerons par internet », se sont-ils promis, tous. Le lien qui les unit dorénavant est indestructible. Nul ne le rompra.

Dix-huit heures : l'avion roule doucement vers la piste d'envol. Il s'immobilise quelques minutes à son point de départ en attendant l'ordre de la tour de contrôle. Soudain, les moteurs s'emballent, hurlent. On sent l'appareil retenu par une force invisible jusqu'à ce que le pilote lâche les freins. Sous la pression des réacteurs, il prend de la vitesse et au bout de plusieurs centaines de mètres décolle. Par le hublot, Lilian regarde s'éloigner cette terre où il est né. Rien ne le prédisposait à y revenir et pourtant... La vie a de ces caprices !

Il serait bien en peine de décrire ce qu'il ressent. Émotion, bonheur, tristesse, joie, mélancolie, allégresse, désolation... un mélange indescriptible de sentiments contradictoires.

En quelques minutes, l'avion atteint son altitude de croisière. En contrebas, on aperçoit les sommets enneigés de la cordillère des Andes. Le pilote a mis le cap sur la côte Atlantique du Brésil : très précisément sur São Paulo que les voyageurs atteindront dans environ deux heures et demie et d'où ils repartiront pour les États-Unis.

Lilian tente de s'assoupir. Il ferme les yeux. Tant de choses lui viennent à l'esprit. Il se remémore ce qu'il a vécu ces derniers mois et songe aussi à l'avenir. Il rêve déjà d'un retour à Santiago en compagnie d'Alison, fantasme l'accueil qui leur serait fait. Comme ce serait extraordinaire !

Un repas est servi aux passagers et déjà on amorce la descente vers Guarulhos airport, l'aéroport de São Paulo.

L'avion se pose sur la piste vers vingt heures. Il fait nuit noire. Une heure vingt d'escale laisse aux voyageurs le temps de se rendre au duty-free afin de passer le temps et de se dégourdir les jambes. Lilian en profite pour acheter quelques flacons de parfums et eaux de toilette, cadeaux pour Alison.

À vingt-trois heures, on repart, cette fois à destination de l'Amérique du Nord. Cette partie du trajet sera longue : huit heures trente pour parcourir sept mille sept cents kilomètres.

Lilian n'a pas sommeil. Il sort de sa sacoche le brouillon d'une lettre destinée à Jacques Mariton qu'il entreprend de relire et corriger si besoin est.

Mon cher Jacques,
Je tiens tout d'abord à te remercier pour les informations que tu m'as transmises concernant l'avancée des recherches effectuées par ton équipe sur l'affaire Lambert.
Je suis en mesure de les compléter, des investigations sur mes origines familiales au Chili ayant apporté un éclairage nouveau.
Je vais tâcher d'être aussi clair et précis que possible.
Mes parents se sont mariés le 13 juin 1981 au Chili, à Las Condes. Quelle n'a pas été ma surprise de découvrir, en consultant le registre d'état civil, que le nom de jeune fille de ma mère était : Marie-Mélanie Lambert !
Je suppose que ses parents l'appelaient tout simplement Mélanie. Par contre, mon père et toute ma famille chilienne utilisaient le prénom Marie. Pourquoi ? Est-ce volontairement ? L'usage de son autre prénom recelait-il une arrière-pensée ? Comment le savoir ? Quelle importance ?
Le 22 avril 1981, soit six jours avant la disparition de Mélanie Lambert, mon père Esteban Calvez écrivait à sa sœur (je te joins une copie de sa lettre) : « Dans un peu plus d'une semaine, nous serons à nouveau réunis... »
Mélanie a disparu le 28 avril. Je pense qu'avec son fiancé ils ont gagné la Belgique le jour même. Ils ont pu embarquer pour le Chili, soit dans la soirée, soit le lendemain ou au plus tard le surlendemain. Ils sont donc arrivés à Santiago le 29 ou 30 avril, voire le

1ᵉʳ mai, autrement dit, « un peu plus d'une semaine » après le 22 avril comme annoncé.

À sa lettre, mon père avait joint une photographie de l'établissement où il a exercé la fonction d'assistant en langue espagnole. Il s'agit du lycée Marcelin Berthelot de Saint-Maur-des-Fossés, celui-là même que fréquentait Mélanie Lambert lorsqu'elle a disparu. S'il y avait le moindre doute, je pense qu'il est effacé et qu'on peut voir ici la preuve que cette jeune fille et ma mère sont bien la même personne, qu'en aucun cas il ne peut être question d'homonymie.

Certainement, pour ma mère, ce secret a dû être un poids énorme à porter toute sa vie. Je réalise aujourd'hui que, nombre d'histoires qu'elle m'a racontées étaient inventées, mais je me garde de la juger. Elle a été et reste ma mère. Ce n'est pas maintenant qu'elle a disparu que je vais la condamner.

Probablement, a-t-elle souffert énormément et, de ce fait, a largement expié sa faute.

En raison de ses craintes, justifiées ou non, provoquées par sa grossesse alors qu'elle n'avait que seize ans, elle a été happée dans un engrenage dont elle n'a jamais pu ou su s'extirper.

Sa propre mère est décédée tragiquement (conséquence évidente de sa fuite). Son père a été condamné injustement et a fini par se suicider. Quel fardeau ! Si l'on y ajoute la disparition tragique de son mari alors qu'elle avait tout juste dix-huit ans, il faut convenir qu'elle n'a pas eu une vie heureuse.

Cela ne l'a pas empêchée de se conduire avec moi en mère exemplaire et c'est le souvenir que je souhaite garder d'elle.

Il me semble évident que, contrairement à ce qu'elle

m'avait raconté, elle n'a nullement été émancipée. Elle n'était pas non plus une enfant abandonnée et n'a pas été élevée en foyer. Cette invention n'avait probablement pour but que de couper court à mes possibles interrogations. Ce faisant, elle s'est muselée. Impossible de revenir en arrière. Il lui a fallu assumer son mensonge jusqu'au bout.

Tout cela a guidé ma réflexion. Je pense avoir trouvé quelques explications à ce qui, au départ, me semblait mystérieux.

Ce n'est évidemment pas un hasard si des coupures de journaux relatant le « fait divers » qui a mobilisé la presse de 1981 ont été retrouvées dans son grenier. Je m'étais demandé pour quelle raison cette « collection » avait été interrompue au 1er juillet 1981. À cette date, Jean-Louis Lambert (mon grand-père) a été arrêté, puis inculpé, puis incarcéré. Certainement est-ce lui qui collectait les journaux, tant qu'il était en liberté. Une inconnue demeure : comment ma mère s'est-elle retrouvée en possession de ces documents ? Je ne peux que me livrer à des suppositions.

Peut-être, après la mort de son père, a-t-elle récupéré des affaires qu'il possédait parmi lesquelles figuraient ces quotidiens et hebdomadaires ? Quand ? Comment ? Quelle fut sa réaction ? Autant de questions sans réponses, mais est-ce important ?

Quitter la France n'a pas dû être simple. Mon père évoque des contrôles moins stricts en Belgique. Vrai ou faux ? C'est le choix qu'ils ont fait, le risque qu'ils ont pris et, force est de constater qu'ils ont réussi.

De tout cela je retiens que, sans preuve, sans certitudes, un innocent a été condamné, accusé d'un crime qu'il n'a pas commis et qui n'a même jamais *existé. Ce n'est pas la première erreur judiciaire du genre, ça ne la rend pas moins insupportable.*

Je m'interroge aujourd'hui sur l'opportunité d'étaler cette affaire sur la place publique par le biais, comme nous l'avons envisagé, d'une émission de télévision. J'avoue être très hésitant parce que directement concerné. D'un autre côté, je me demande si je ne dois pas cette justice à mon grand-père. Cruel dilemme, je souhaite encore y réfléchir.

Une conversation, entre nous, pourrait m'aider à voir plus clair.

Je te remercie encore de tout l'intérêt que tu as manifesté et de l'aide que tu m'as apportée dans ma quête de la vérité.

Mes amitiés les plus sincères.

Lilian

Dans l'avion, règne maintenant le silence. On n'entend plus que le ronronnement continu des réacteurs. Quelques plafonniers, seulement, sont encore allumés ici ou là. Sans doute des insomniaques plongés dans des lectures afin de tuer le temps. Lilian range soigneusement sa lettre dans sa sacoche, éteint la petite lampe au-dessus de sa tête et ferme les yeux.

Lorsqu'il se réveille, le jour commence à poindre. New York n'est plus très loin. On devrait atterrir à JFK dans moins d'une demi-heure. Les passagers s'éveillent les uns après les autres.

Bientôt, les voyants rouges, au-dessus de chaque siège, s'allument, indiquant la nécessité de boucler les ceintures.

L'appareil perd de l'altitude. Il pénètre dans un épais brouillard pour ressortir sous le plafond nuageux. La pluie ruisselle sur les hublots. Sale temps à New York !

Après récupération de ses bagages et accomplissement des formalités douanières, Lilian se dirige vers la sortie. Il sursaute lorsque Alison l'enlace par-derrière. Ils s'étreignent, s'embrassent longuement. Il la serre contre lui du plus fort qu'il peut.

— Il m'en aura fallu de la patience, déclare-t-elle, mais cette fois, tu es bien là et je ne te lâche plus.

— Qui sait ce que l'avenir nous réserve ?

— L'avenir, je le connais, affirme-t-elle, pleine d'assurance.

— Ah bon ? Et quel est-il ?

— J'ai promis de me taire. Walter tient à te faire la surprise.

— Tu peux bien me le dire. Il n'en saura rien.

— Pas question. Je n'ai qu'une parole.

Elle rit. Il sourit. Il la connaît suffisamment pour savoir qu'elle ne trahira pas le secret. Il se doute, à sa mine réjouie, que la surprise sera bonne.

Sortant du hall, il hèle un taxi. Le chauffeur charge ses valises dans le coffre tandis que tous deux s'installent sur la banquette arrière. Lilian passe le bras autour de son cou. Elle laisse aller sa tête contre sa joue. La voiture démarre.

Il pleut à verse, mais cela leur est bien égal : ils sont dans un autre monde. L'autoradio diffuse *Singing in the rain* par Gene Kelly.